U0704099

TIANXING SHIKU
天星诗库

有度文化

履历

燎原 著

山西出版传媒集团 北岳文艺出版社
·太原·

图书在版编目（CIP）数据

履历 / 燎原著. -- 太原 ：北岳文艺出版社，
2024. 7. -- ISBN 978-7-5378-6897-6

Ⅰ. I227

中国国家版本馆CIP数据核字第2024NZ1157号

履历

LÜLI

燎原 / 著

出品人
郭文礼

选题策划
刘文飞

责任编辑
武慧敏

装帧设计
张永文

印装监制
郭勇

出版发行：山西出版传媒集团·北岳文艺出版社
地址：山西省太原市并州南路57号　邮编：030012
电话：0351-5628696（发行部）　0351-5628688（总编室）
传真：0351-5628680
经销商：新华书店
印刷装订：山西人民印刷有限责任公司

开本：787 mm × 1092 mm　1/32
字数：110千字
印张：5.875
版次：2024年7月第1版
印次：2024年7月山西第1次印刷
书号：ISBN　978-7-5378-6897-6
定价：49.80元

自序 /

履历：一位前诗人与现在进行时

一

大约是21世纪初，我曾多次称自己为“前诗人”。这是因为时常有一些关于我的介绍中，都称我为诗人，而我已于20世纪90年代初，不再写诗，因此，只能以“前诗人”来自称，避免名实不符。

仔细回想起来，我的诗歌萌芽期很早，似可追溯到我在陕西老家，读小学之时。那一天，我得到一本名为《杨七郎打擂》的小人书，便迫不及待地在课堂上埋头看起来。当看到攻擂的少年杨七郎，终于将权臣家的恶少踢下擂台，正为之心花怒放时，书，却被老师突然伸来的一只手所没收。晚上回家后，我先是失魂落魄地做完作业，继而是愤怒，接着是越想越愤怒，遂恍若为杨七郎的神武气概所附体，在作业本的最后一页，第一次写下了一段分行文字。大意是读课外书无罪，我们绝不服气之类。结果第二天老师发现后便把我叫到办公室，训斥我的第一句话便是：“没想到啊，你还是个诗人！”

多年后想起这段往事，我对“愤怒出诗人”之说就有了特别体会。但我更有过热爱以及一些无名情绪，之于诗歌的感受，比如，当我看到黄昏巨大的落日映红村外的田野，而四周鸦雀无声时，竟有了想流泪的感觉，并且，还真的拿出了铅笔和纸，只是没有写下任何字句。

二

我第一次发表的诗歌，是刊登在1977年的《青海日报》上的一首香烟盒大小的时政抒情诗，并被安顿了一个特别的署名：“青海农机工具厂工人唐燎原”。而不久后再发表时，我的诗作已升级成两个香烟盒大小，署名则变更成“师范学院中文系唐燎原”。从此，我在这种流行诗风中迅速有了“燎原之势”，我的名字也随之成了燎原。

到了1979年，我认识了刚刚回到《青海湖》编辑部的诗人昌耀。自从读到他的一些诗歌后，我像被一个漩涡突然吸了进去，遂决定更换写作频道。由此开始，我一方面醉心于诸如《山海经》《亚洲腹地旅行记》《草原帝国》这类著作的阅读，一方面沉浸于黄河源头、柴达木盆地，以及西藏、敦煌、帕米尔高原、西夏王陵等西部大地上的游走……

我好像由此进入了真正的诗歌写作，开始在省外的一些报刊发表作品。那个年头，我们都讲究发表作品的刊物级别，而我在这方面的纪录，一个是见之于1985年的《人民日报》上的一首十多行的短诗，另一个是《诗刊》先后发表过我的两首诗作，第三个是1986年第三期的《人民文学》发表了我在祁连山采风后所写的《雄鹿》一诗。另一个特殊纪录，是刊发在1988年第一期上海《萌芽》上的一组诗作，获得了该刊的年度诗歌奖。第二年春季，我不但先是前往上海，又转场到江苏金坛的颁奖活动举办地，切实地享受了一回诗歌带给我的荣耀，更由此获得了一个特殊待遇：由杂志社资助，为我出版一本诗集。经过数年的延宕，这部名为《高大陆》的诗集作为“萌芽新诗丛”之一种，由百花文艺出版社于1996年出版。

三

但这部诗集的出版，并未让我顺风扬帆，却更像我对于诗歌一个富有仪式感的致敬和告别，我的诗歌生涯，已于此前的1992年戛然终止。

终止的原因有两点，其一是我于这一年的年底，从青海调动到了威海，像从脚底突然抽去了脚踏板，我的诗歌写作由此而被悬空。为此，我还专门书写过《高原与海：悬置中的箫声》这样一篇短文。其二则是基于我对自己新的认识。其实从1979年起，我就在诗歌写作的同时，开始了诗歌评论的写作。先是关于昌耀及青海本土诗人的评论，继而是关于西部诗歌及西部诗人的评论，再接着是关于海子和国内先锋诗人的评论，一路风生水起。到了1992年初，我应邀书写的《西部大荒中的盛典》一书，作为当代诗歌研究中第一部谈论西部诗歌的专著，已经出版，而我使劲最多的诗歌，却并没有进入我想象的状态。就这样，我再次更换了自己的写作频道——从一名诗人，变身为研究诗人并为诗人写评传的评论家。

四

再次进入诗歌写作，已是将近二十年之后的事情了。此时，我因不时参加各地的一些诗歌活动而被要求交"作业"，开始了断断续续的诗歌书写。这个"断断续续"的意思是，人们并没有由此看到一位前诗人的满血复活，但也不乏对于一名重新出场者的新奇。一位毕业于北大、在美国某高校任教的诗人偶然看到我的诗歌后，曾特意托人与我联系。另一位诗人朋友在微信中转发我的诗歌时，特意写了这样一句话：我羡慕有经历的诗人。

这就是说，我是一个有经历的诗人，我在诗歌中写出了自己的经历，我的诗歌由于这种特殊的经历元素，而让他的心，为我动了一下。

这个说法也让我蓦然心动，再回过头来看我从早年到现在的诗作，其实就是由一条个人的人生履历和精神文化履历所构成，并因此而有了某些特殊意味。

五

那么，下面就简要介绍一下我的履历。

我1956年出生于青海某骑兵团营地，其时我父亲与他们的那一代骑兵，正驰骋在青海南部草原，并承担过护送班禅大师进藏的任务。而那些叱咤风云的战马，也成了我心中的永久情结。

五岁时，我随母亲回到陕西关中的唐家村老家。老家给了我深刻记忆的，除了黄昏中的落日，就是村庄北面约20里地的九嵕山顶，高兀巍峨的唐代帝王陵昭陵，它俯视了我的整个少年时代。那里，就有来自西域的六匹天马，它们曾随生前的唐王李世民征战，此后又以“昭陵六骏”的不朽石雕，驰名于世。

读高中时我又随母亲回到青海，一年之后的1973年冬季，我与一群同龄人一起，跨过黄河上游一道大雪中的浮桥，成了汉藏民众杂居的山乡中，一名在大走马的鞍背上“仄歪着腰身”的知识青年。

接下来，便是1975年回城，成为一家一千多人的大厂中操作C—620车床的车工；1977年恢复高考后，我成为青海师范学院中文系七七级的学生。毕业不久，我成了一家报社的编辑兼记者，由此得以时常行走于辽阔的西部大地，直至1992年底调入威海。而地处山东半岛的威海，基本上属于黄河出海口的延伸地带。这也就意味着，我人生的上半场和下半场，就为这样一条九曲十八弯的大河所贯通，正像我的个人履历。

六

因此，这部诗集便有了《履历》这一命名（且其中还有一首同名诗作）。它由我前后两个时期的诗作所构成，是我从两个时期的诗作中一再筛选的结果，分为上、下两编。两个部分的数量也正好对等，前后相加，总共不过66首。但在我看来，这基本上也就够了。如果不是考虑到现今诗集的通行出版页码，我愿把它压缩成20首左右的一部诗集。

这里说一下我早期的诗作。我早期诗作的数量比较庞大，而我能够并愿意筛选出来的，就只有这么多。它们基本上呈现了我的写作轨迹和心灵轨迹，也再现出一名青春期的诗人，从最初的单纯走向复杂，进而在青藏高原神话与现实交织的大时空，天马行空的汪洋恣肆。这主要是指《黑旸山》《高大陆（上）》《高大陆（下）》这三部长诗。《黑旸山》的主题比较明确，属于高原上的草原原生文化板块，它以冰雪与灾难为基调，是对高原生命族群在严酷的大自然中，从劫难到复活的书写。而两部《高大陆》，都是对高原大时空的玄想和史志性的书写，前者涉及生命起源和史前神话，及其之于现代生存所投射的驳杂信息。后者大致是高原上的沙漠戈壁板块，它以沙漠与火为基调，与高原的地质生成史，尤其是沙漠腹地的石油开发者族群，类似于创世纪的神话有关。

在此我想特别强调一下，“高大陆”是我为青藏高原自造的一个语词。这个语词在我 1987 年发明出它之前，可谓前无古人，但却后有来者。若干年后，它不但出现在一些西部诗人的诗作中，还显赫在某些诗集的标题中，诸如“高大陆上的吟唱”之类。刚才我在网上搜索了一下，它居然还成了某些个人网站和企业集团的名字。

另有两件事也需要一提。其一是此次编选早期的作品时，我意外地发现了著名编剧邹静之，为《黑旸山》所写的一篇短评：《〈黑旸山〉的结构及其他》。此文与《黑旸山》一起，发表于 1988 年第八期的《西藏文学》，是当时的编辑马丽华，按刊物发表某一重点诗作时再配发一篇评论的规格，专门约请邹静之所写（在此附带提一句，该刊当时发表昌耀的《慈航》时，也约我写过一篇短评）。邹静之当时是《诗刊》编辑，又是一位写出了极出色的诗作却无意于诗歌功名的诗人。多年后，当他以《铁齿铜牙纪晓岚》等一系列作品成为影视界的王牌编剧时，估计已很少有人还记得他的诗人身份。而这篇评论被我保存在一个资料夹中后，也就逐渐忘了。此次再读此文，其对于作品的透彻洞察和中肯指说，仍让我有如遇知音的珍贵，因此，特附录于诗集之后。

其二是这部诗集的最后，还收录了诗人王夫刚的《燎原：一个人的诗歌评审团》一文，这是一篇让我感到温暖的文章，也提供了关于我更丰富的信息。故将其移植于此，以供大家分享。

七

接下来，我似乎还该说点什么，但说什么呢？我再琢磨一下……

2024 年 3 月 6 日 · 威海蓝波湾

目录

上编

003　列车
004　季风
005　牛的雕塑
006　假日
007　河之声
008　大雪谷想起苏武
010　新垦地
012　雄鹿
014　卓尼玛山垭口与一只老牧羊犬对视
015　玛嘉邦日高阜拷魂
016　黑旸山
028　高大陆（上）
036　高大陆（下）
045　在大背景中歌唱
048　白虹

050　俄日洛
052　客居
054　午夜列车上对一株南方棕榈的回忆
056　追溯逝者
058　履历
065　聂拉木雪谷
067　仰望星辰
069　羌塘
071　空营盘
073　昨夜的月亮
075　晚唱
076　漠北
078　斡难河
080　吐火罗·中亚黄金大道
084　黄昏在乌拉泊看一只水鸥
085　黑羊
087　金狼头
089　鹰笛

下编

093　宁夏
095　秋水

097 星空之下是人间的酒镇
101 巴丹吉林岩画作者说
103 苏亥赛台地巨石群
105 部落姊妹花
106 突厥铁骑
107 天堂
109 迎客
110 扎鲁特草原之夜
112 在科尔沁，对某些行政区划名称的释读
116 我无法确定它就是通辽杨
118 一个人与一部藏书
120 在天境草原遥想一只鹞鹰
124 葡萄牙掠影
126 西班牙南方田野
128 我好像在读一首诗
130 好人哪
132 一条河流的个人记事
135 发呆
136 在立秋的大海中游泳
137 仰泳中的两个片段
138 海滨记事：那些拦截我的草木（一）
140 海滨记事：那些拦截我的草木（二）
142 爱上一位画家的理由

144　东尚石村
146　落日观察
148　比天空还高的云
150　6月13日，在凤凰黄永玉艺术馆
152　云端上的草原
154　水嘛呢
155　在黄河源头
157　深秋

附录 /

158　《黑旸山》的结构及其他 / 邹静之
162　燎原：一个人的诗歌评审团 / 王夫刚

上编

列车

霜的原野
凝固了北方广袤的鼾声
霜月，在苇塘之上

而从遥远的夜的那方
我感到一股强烈的震颤在迫近
风与之来
灼热的气浪与之俱来
一列钢铁的长队
有如夏夜云隙中凌厉的雷霆
从两条颤动的铁轨之上压过
北方，霜月迷蒙的原野
有一道火的流苏掣起

……晓风凛冽的远方
钢铁的力组在凛冽中递进
1983-02-04

季风

季风在扫荡着。硝土地
季风自夕阳惨白的天边扫荡而来
掀翻了高树之上的窠巢。低空
有惊悸的翎羽落下

但惊悸之后的飞鸟仍然捷健
黑儿马凌厉的长嘶
也同样扫荡着，从遥远的草莽咴咴而来
没有一个灵魂是安宁的
没有一个灵魂不充满焦躁和兴奋
柽柳，亦弄散拨发作恣情狎戏

……季风在扫荡着
有人在扫荡的季风中颠狂地大笑
1983-03-06

牛的雕塑

一尊炭红色的牛
在我的案头拱起
成一架沉默的山

是一个需要英雄的午夜或拂晓
它从黑色的土地上缓缓站起
痛苦使它硕壮的头颅低垂
血液却赋予了它的个性，肩胛
高出于一切痛苦之上
所有部位都绷成负荷的支点
直至颈项
直至抠进大地粗短的四肢

……冲决一切
必然呼啸于大野之上的
是它额间的风

1984-04-10

假日

郊道。几株抒情的白桦
在我们的车舷旁停止了滑动
宽敞的河风
从拆除了风车巨翼的草坪上涌起
我们的眸子灌满了草浆的湿润
恰是乡村的正午
只有水磨下叶轮訇然的转动
才使我想到北方的沉重
而那飞溅的浪花
却给人以白帆和鸥鸟的联想

1984-07-09

河之声

衔着一支夜曲，河之声
漂过城市桥头乳白色的灯影
在远处消逝
这夜、这恬美的河之声
全然解脱了自雪山夺路而下时的野性
把鹰笛、把深谷间呼啸的松风
留给两岸广阔的腐殖土。然后
载着马兰和豌豆花蓝色的气味
向着我们的楼顶飘来
阳台上，儿子的头
出神地向着夜的河心谛听

我却想起了黄昏：湍流
有三匹驾车的儿马甩动长鬃抢渡……

1985-05-06

大雪谷想起苏武

峪口
民族客栈烟雪中蓝色的幡幌
成了远逝的帆影

沉入纺棰树俑立的河谷
是静卧的野天鹅于苇丛吹奏芦花
鼓起一峡白羽
谁的手指以棋子点放卦象
空蒙中颁布我一部天书
哑默的崖岸
恍然有文牒旋转而来
我竦然举目
唯可见定居的牧人以炊烟作默诵之日课
黧黑的脸示我以隔世的篆文

高草一瞬间摇撼四野

风萧萧

那已无羊可牧的持旌者是谁

1985-10-12

新垦地

雪原，黑手指沉醉地趴伏
为泥土联奏一曲古歌
寒日光已成昨午大坂之途的记忆
雪简化一切
翻起的泥排成为唯一的钢琴主题曲
表现圣徒的黑色——是瘦诗人
俯偎荒莽痛苦的爱的吟哦
是汗血与杨柳枝不屈的幻想
抒写作含泪的西部歌谣

沉醉的黑手指
沉醉的泥排伸入远雪
野鸽子从道班前的风信杆上飞起

切向州城的柏油公路
接送学童的大篷马车飞雪中滚动得

那般固执

1985-10-14

雄鹿

它从山脊金红的光涡俯冲而下
从山脊金红的光涡
它弹跳着、窜突着俯冲而下
铁网，在浆血滩流的草场反弹出一道悲怆……

它焦躁地长嗥着，一网之外
有它美丽的妻妾
濡湿的白唇正渴望怜爱与亲抚
它刚刚卸去的巨角
曾是浸浴在她们明眸中爱的珊瑚
在这呼唤媾合的山野，它弃却水草
断崖前磕下它至高无上的王冠
让精血回溯
滋育腹部那一垦殖的犁头

……颤动的不可抑制的俯冲哟

它将伶仃的头颅撞向铁网
又搭起前肢
以颊部和牙齿在金属的樊篱上痛苦地撕咬
它弹跳着、窜突着
于晕眩的草场扭作一环暴躁的金蛇

梭形的肌腱滑块在喘息中掘动
深谷，内应力以沉重的放射运动
穿透石龟的花背

雄性的俯冲
原始繁衍力固执而神圣的俯冲
号声吹响了，血性的蹄鼓
漫过樊篱于落日的核心泛滥……
1985-10-25

卓尼玛山垭口与一只老牧羊犬对视

折身仰起脖颈眺视一番又踅回在他对面蹲定
不吠、不吭，更不屑地垂下眼皮
深信背景中的雪岭经幡归它解释
这阴郁的哲学家，笃定——他是一个过客
1986-09-05

玛嘉邦日高阜拷魂

在玛嘉邦日高阜看见你时
你已用肋条将时间插成白色
那是我们人类无数次的惊悸之后
生命最终要呈现的一种颜色

还有谁能辨认出你咄咄的战争之花
你在一架长虹的尾部谢落
四只枯蹄
徒自感应帝国鹰旗誓师岭上的时辰
而你已不能振鬣

是黄昏，你白色的肋条柏香一样
炙痛逝去的时代不时发出尖啸
——高草地一直有不安的灵魂
克制生命的堕落

1986-09-013

黑旸山

——一支高原部族的历史

1985 年青南高原那场毁灭性的暴雪，是整个野生动物的灾日。

飞机进入可可西里上空时，我看见约有两百多头野牦牛正在雪原突围。第三天，当我们驱车进入那一地区，整个牦牛群已全部冻僵。在马鹿、野驴、藏羚羊和狼群成批倒毙的地方，只有它们是站着的。似乎在死亡后，它们仍要保持雪域王族的尊严。

——一位野生动物学家的笔记

日蚀

长号吹响了……

此刻，那荒凉于雪山台地上的经幢吱吱嘎嘎转过沉重的六十轮后，滞止于咒符分切的刻线。一只湿胖的蝎子爬出，节肢卷起如豹尾叉向冰川。青烟滋滋，太阳顿时萎缩如中毒的大丽菊，白色的花瓣纷纷扬扬

最早止步的是率先的那一头。遨游的方阵似一片黑毯停止了对大峡谷的扫荡。止步的牛王——沉默了

那长号的声音，是它受难于母腹时听到过的。那时，声音穿过母腹，在它的四瓣心室啄成永恒的胎记。三日之后，它成为孤儿。当新鲜的太阳烘起它的前肢，母亲化开的血水正朝它微笑……

如今，这长号又在暗示什么

接着便是一只从未见过的大鸟，黑色的翅膀平伸着从山后滑来。状如荒漠猫的头部一只眼睛紧闭，另一只眼中闪烁着诡谲的萤火。嘎嘎的一串狞笑之后，黑翅膀旋转成一支风柱，渐渐高兀……

从遥远的山脚，帐篷似片片飘旋的鬼钱。兔子和羔羊收起四肢，随蝙蝠的裹挟卷进风涡。雷霆在天空的洋铁皮上炸开火球

水汽如密集的箭镞。可可西里霎时黑鲸般潜隐而下

雪哦，雪哦，六十年前那场毁灭的雪哦——最后的时刻又到了吗

这群雪域的王族，在它们酋长的四周慢慢围定，像一尊尊礁石，静候寒雪从曳地的腹毛下渐渐淤起；静候宇宙以白色的嘴唇

公布长号的谶言：

听着吧——你们。这是劫数
在你们出生之前和死亡之后
它已由你们的祖先、也必将
由你们和你们的后代所承受

啊！让我们就这样高高地站着吧，站着吧
将我们的弯角置放成对抗黑暗的弦月
将我们的肩胛筑成俯视大地的山脉
——这样默祷着，那个酋长，当它看见身旁的母性因腹部的躁动而呻唤时，明净的眼球浑浊了。积雪静静地拥上嘴唇，蠕动的胃却反刍一片金黄

黄金时代

那时候我们正是盛年。我们刚出生的儿子正是盛年。那时候白昼是一面铜锣，将我们君临的消息传递给八方
我们的行宫是一条皇艇，停泊在星星的银河，午夜时分，等候月亮涉过浅滩，向我们的额头奉献张开胚芽的玉兰

我们是冰山之王。每天早晨，接受太阳率领万物向我们托举

玫瑰
然后结队下游冰川。我们寻衅的肩胛击碎冰锥，我们坚硬的蹄腕震裂冰面。我们放肆地奔突着，又猛地折回身去，看半爿断裂的冰面向我们节节告退

然后，我们俯冲着扫过雪豹的辖区，在低处的草甸，切剪饱食的狼群
我们选准施令的那一条，腹部肥厚并享受谄媚的那一条，嘲笑着挑上我们的尖角——作为出征的祭品

嗷嗬嗬……我们的路是一条径直的路，一条暴力的路。在祖先回荡崖壁那炭红色的声音中，我们续演着血和火的史剧
我们从烧红的陶罐上破壁而来，从食肉兽的腹下浴血而来

那时候我们是强盗、是情人。狼的尸体在我们的尖角上绷紧、风干，悬置成一副至尊的王冠，挂满九月的风铃叮叮当当，额心的珐琅炫耀新郎
大草场啊，金黄的酒浆啊，美丽的安琪儿啊，我们的唇吻湿热了，我们腹部的箭壶躁动了
我们癫痫般地斜刺着冲向左边，又冲向右边，试探着一个风流的圆心

啊！你们这被牧人驯顺的一群，你居中的那一个，惊慌而多情的那一个，做我的新娘吧，做我的新娘吧！我们的舞蹈是跳给你的，我的王冠是戴给你的……安琪儿，被裹挟进我们这头顶花翎的一群，涌向高处的山寨

那一日，正午的酒浆好醇

法王

哦哦，你来吧，到这里来
风又刮起，凶险踩着软步来临
锣声敲乱疾风，乌鸦羽毛纷纷
到这里来，统领我们

你驾着权威走来，锐利的尖角忽高忽低，牵挂两条白绫的曳线忽起忽伏。刑律的制约与崩溃，石榴被成熟的蓄谋崩开，蛇在草丛的机弩上埋伏。荒老于祭台上的法典一页一页遭受风的嘲笑

你循着一方招引的红布醉意醺醺地走来。斗形的脑袋拱翻殿阶前的五只漆桶
啊！面具，六颗精致的骷髅镶嵌于扇形的前额——这高山台

地上的石案，血祭的日子，嘲笑了所有狰狞的头颅无奈于最终的结局，被黑风寨的工匠剥刮打磨成空空的木鱼
嘲笑了它们在槌击之下仍能发出恭顺的乐音。把它们排列在高处作为饰物，作为威慑的法器也仅仅是出于嘲笑

哦！法王、法王，力量正高傲地夸张于你的肩胛之前，你还等待什么

……声音随着步幅终于击亮一个实在的刹那。胯骨之板、磷火之绸、铜石之钹，一起泼向散形的醉者欢呼。你的舞步——石墩从泥淖拔出，又前跨半步杵下，驱动墨绿色的喧嚣于山岗之上暴动

哦，法王！雪崩的嚣鸣来自峡谷也来自你的肺叶，缤纷的陨光在大荒原的边缘旋转也在你的蹄腕之下旋转
啊啊！步点急促了，步点紊乱了，步点，踩响黑色的石鼓向着午夜赞美——

天灵开、地灵开
牛头马面舞起来
乌角铲、紫蹄锤
大鬼小鬼快走开

夜的弹簧渐渐复原。一把煊赫一时的鬼头刀
废弃为鼠崽们牙齿中的玩具

荒凉啊！没有对手的日子，王冠和额头撞不响回声。你走向草甸深处，静静地伏卧下来，两只弯角拱向高处的水潴
那里，一条隐形的白龙刚刚停止了白浪滚滚的撕咬。时间悠悠，在你的体内落满石头

苔原

预言家独坐石殿，掐算十二段指节排列大循环的次序。鱼石螈的断肢在泥淖中结成石笋，等待生物学家的鉴定。物质的年轮，那只耳朵总听命于黑风寨长号的驱使。唯有风水道人手执罗盘以释天象。冰陆解体，汪洋涨起的情欲滔滔涛涛拍击天空
哦，旋转的星体磨灭巨兽也呼唤新的霸主，号声阴厉，此刻，它又在预谋谁呢

火焰之指再次向冰雪世界展开，它说，被灾难之辇车裂的灵魂，你们聚合吧，附体吧——血的罪孽已被押入地府，即使我们的世界缠满绷带又有什么呢

叶子应声从泥洼的骨茬冉冉顶出，像早春锯掉头颅的截梢树，向天涯铺展饥饿。世纪的苔原，酸涩的胆汁搓揉舌苔，依然是冰碴儿虚化的雾气弥漫乾坤

哦！孑遗的宁馨儿，为你钟灵之唇抚弄的苔原会被感动么
你黑亮的眼睛转动水晶，无角的颅骨使乳房感到胀痛
太古之箫在苔原的裂隙中从来都是忧伤的，弯弯曲曲的声音来自地壳中的琥珀，也将袅袅于你的鼻梁之前，幽咽于你的尾梢之后么

哦！宁馨儿，水母状的雪莲朝你袒露蕊房，蛇的软肢尽情盘桓，奉献妩媚和阴柔。你走动，潮湿的天空一步步缩小，挤满鬼魅的影子桃花粉面

好寂寞，血瘀的犄角已挤出颅骨了
它寻衅，渴望一记沉雷炸开喷泉——享受雄性成熟的骄傲

午夜。黑暗的庙檐一只玄鸟蓦然惊起
随之是焦灼的预感，是串连的火球各自锥着旋转的圆心炸开
暴戾的火球，轰击新生的苔藓，负氧离子啸啸，激活十万绿草的漩涡，似雨后的莲蓬堆聚强盛
宁馨儿，你的犄角被淬砺成金石，对接雷霆和闪电

当暖潮泛滥，生物潮随之泛滥
苔原一步步走向天空，招呼高傲的灵魂解答生命——
一朵朵密码金钟倒挂，是死亡的卦象呢，还是超生的解语
永恒的法则高高在上，它拒绝生命的亲近，却无法抗拒峥嵘的灵魂

哦！要活就活到高处吧，高处多么辽阔
拥有礌石，拥有霹雳，拥有毁灭之神和生殖之神的高处，无羁的灵魂多么辽阔
即使注定受难，即使冰碴儿戳破嘴角又有什么

灾日

雪原铺展无涯的白色，将欲望压缩在软腹之下
时间以泛滥开始，以冰封结束。硬邦邦的岩鹰杠自面对一寸之外的世界，无力感受骄傲与羞辱
野心和阴谋，肥胖的气焰自权杖的金球嗒然跌落

受难的诗人忘形地吹嘘鹅羽，他生发于这气旋，失形于这气旋，五个手指早已缠满了生生死死的藤蔓，隐形的花之器官连结神经，听凭马尾之弓锯动

唯有这黑色的一群使他感伤。这情绪，横贯了所有时辰
他清楚那最终的日子，但他不肯说明灾日

此刻，它们驮负着疯狂的饥饿突围了。那个酋长，将斗勇的幼子狠狠地驱入方阵中央，然后，率先登上一架想象的诺亚方舟抢渡白令海峡
大突围——环球性的雪海抢渡。游鱼、苔藓、海豹，在冰封的蓝玻璃下透露花纹，凌空的摩羯星主宰昼日，帆篷砰砰，受辱于无定的天风
开始与结局，第三极冰蓝的塔尖向着南北两极缔结灾难的同盟。哦：

青
藏
雪　原
南极雪原　北极雪原

残酷的地球早已在这三角架中，确定了悲壮的生存路线了吗？我们承受灾难又冲击灾难的围堵，野蛮的灵魂多么骄傲

悲凉的板胡曲如泣如诉，在诗人的额头缠满丝缕
槐花流浪寒雨的日子，秦川低矮的黄土墙垣泥失于头顶阴郁

的天空。这板胡曲，发芽于诗人泡桐沤渍积水的故乡，淋成一曲感伤的长调，呜咽在大迁徙的背影之后：

走西口的哥哥不回头哟
小妹子脸上泪蛋蛋流……

紫燕儿，弯喙唧唧地偎揉那根丝弦，之后嘎然一声南飞

黑旸山

哦哦
你回来吧，回来吧，夜已深了
星星多么平静，寒风中的鸟儿
多么平静。你回来吧
藏红花一直在峪口的水面守候
藏红花，它的目光多么芬芳

劫后的荒魂磷火一样游荡。夜气如盐，皮肤溃红如三角梅。我们苦难的声音你听见了吗
干柴和粪饼已经堆好，羊皮上滚爬的孩子从身旁的皮囊拖出了箭支，他已不再啼哭。哦，你的火、你的弓它在哪里

地壳轰隆。一座黑色的山脉缓缓升起，轰轰升起，引动时间下沉的波涛，重新向着高处歌唱。孔雀的翎子应声开屏，在灾难之后复活色彩
哦，一滴水，一片叶子，铁锚从冰原深处拔起，悲壮的旅程又开始了

又开始了。那在升起的山脉前祭上箭镞和酒的部族，又开始了苦难的跋涉

他们叫它黑旸山，是赐予他们勇气和力量的神山
1987-03-15

高大陆（上）

源

是我，运行于水面之上挥霍无边的黑暗。肺叶翕合漫漫黑夜，亿万年后在我声音之弦尾，受孕的始祖鸟自云空降下巨卵。无水草为桴的蛋壳寄养于我的双肋一任腋毛翻转抟弄——无边的黑暗为我挥霍

或沉溺于孤独的激情在另一端冲起大浪，或舒展于辽阔的想象构想事物的名字。无渊无涯、无疆无界，时间是水、空间是水，在我的背下散荡复合。耳膜如羊皮典册，嗡嗡嘤嘤的颂歌筑巢成有声文字是在亿万年后

亿万年后，大陆岸的乐队由巫师引领，将成批的牺牲如花瓣向我抛撒，完成一年一度的祭礼。哲学的毛驴开始踽踏跛行……

挥霍无边的黑暗，彼时，我在水中

创世

灵魂之索紧紧牵引于谁的手指？我是无欲无拘的适者，不曾感到疼痛因而不知愉悦。颅骨不曾被自己的思想抓伤，生命不曾被自己的细胞抛弃，为我挥霍的黑暗网罗我于恒定的圆心
我是史前一只虚设的蜘蛛么

分割或撕裂，一条暴力的走廊贯通再生之路。我被轮回之手放逐，耸身于光明之虹。天地诞生于第一日，男人与女人从我胸轴线的银河分劈出两只最精美的尤物，夜夜为雄蜂采蜜的意念所折磨

而我原本就是男人，崇拜生殖因而崇拜毁灭之火。我在黑暗中选准了一处空间，将背景破碎为石头塞满陶罐。引火之前我已想好了一些野蛮的名字，与硕大的体积相匹配，与震慑的声带相匹配……
我已设计好了食肉齿的咬合力与锥度

……陶罐怀抱火汁缓缓喘动膨胀，嘴唇随一声沉闷的爆裂在

下端的风筒消失
我的胸脯被打开，沸腾的熔岩滚涌碎金。我微笑着，接受自己旷世的声音在模糊彼岸的祝福
你——诞生了！随你诞生的高大陆将是一条横渡劫难的方舟，没有辉煌的劫难，你将不存

酒的歌——酲红。招摇拂晓一副星鸟叼啄的枫叶
我高高地醉着，思想沉浸于事物的核心。脚下是世纪的序幕，澎湃的火为天书烧造文字——
涌出地壳的油气之火，以“不尽之木”的名义昼夜燃烧，——匹白鼠硕大如牦牛，火海中载出载入，细密的脂毛在黎明的大雨中，浇织成“火浣布”的神话，收藏于昆仑山下名为茫崖的石匣之内
亿万年后，一只玄鸟的钢喙从那里缫出石棉①

我诞生了。浩荡大雪第一日便将我飞扬成白发哲人，但我却

① 据《搜神记》记载：昆仑之墟，是惟帝之下都，故其外绝以弱水之渊，又环以炎火之山，山上鸟兽草木，皆滋育炎火之中，故有火浣布。《神异经》的记述则为：南荒外有火山，其中生不尽之木，昼夜火燃。火中有鼠，重千斤，毛长二尺余，细如丝。但居火中洞赤，时时出外而毛白，以水逐而沃之即死。取其毛织纺以为布，用之，若有垢，以火烧之则净。据这两则记述推想，所谓昆仑山下的炎火之山，似是远古时期柴达木油田石油油气的昼夜自燃；重达千斤的火中之鼠，与牦牛的形象极其相似；而火浣布，则可对应为茫崖石棉矿的石棉织物。

是这高大陆的乐师，我的冰川豹已从高岭破壁而出，我的雪原牛已在山岬磨利弯角。我的黑笛在大荒泽上率领弯弯曲曲的世纪，狼崽的声音已经成熟……

行吟者

太阳的黑曜石，西土武士的刀柄之星
铁弓张弛于一支月中鹰翎，山影在马腹下流淌，蹄音似雪

鸽子的石胎，尖啸的抛石
冰雹如贝蚌卵育英雄格萨尔的宫殿
绿色的夜光中篝火徐徐松弛静谧和狞厉，弹响一副檀板

这史后的第一部传奇只是饮酒于天河的须眉和他们座下的白狮子
好不潇洒么！血的美丽至高至上，罂粟的黑天大神顶礼一尊红罐子。生殖之歌在战争的腹地迫使石头怀孕

血的赞美者、蓄谋者、领有者
我的高大陆无霞而泊，无帆而航，无论白昼黑夜

这史后的第一部传奇只是涂血的须眉和他们座下的白狮子

女人的黑夜无处不在地拍亮浪花——她们是母亲、情侣，是源、是银河
武士的头颅沐浴血的温慈，椰果被紫红的痛楚广袤地抚爱

我怀抱过多的感情而不能宣泄，眼睛寻找怎样一幅天空而让火鸟烙烫壁画

……下雪了。这水晶脱弃的羽毛、为烈马所抗拒的眼罩、战争洼地上最早的灵车，在我的眼睛中沉陷成一个黑暗的日子
下雪了。灌满黑夜的感情，我因而成为行吟于苍白之壤的盲者

羊肠弦被抽搐的手指放逐，一步步向天边流浪……披犀甲执铁戟的队伍从午夜走向荒原家族的银烛台，黢黑的泪脸大雨滂沱
我的乌木琴被猎狗肃穆的耳轮所围拢。时间的语言不屈不挠，千年之后长成一棵无叶的龙血树

千年之后，桑戈尔的喉结在非洲之夜围满狮子抖擞的鬃鬣
一只高贵的大鹰睨视于城市的鸟巢之上，说它名叫圣琼·佩斯

我的高大陆使诗人遍地开花——昌耀的石船已经靠岸，他的孔雀王国镶满古海陆沉的密码
千年之后，我深沉夜空中斑斓的麒麟缓缓吹动星象仪的球体

魅，为黄昏中的一个精灵而歌

那时，我沉思着，正蓄谋一场战火，因而无暇顾及她在山顶以竹管向我吹送霞霓
那时，我在水中，正迷乱于未来事物的命名，因而不曾理会她以手指在我的肋下捣动
我是这高大陆上血酒澎湃的王者，唯独害怕黄昏，害怕背腰上盘结的肌腱松弛出鸽子，致使铁弓无法唤醒箭囊

而你恰恰要选准黄昏时分到来，说你要在这温柔的暮色中做一次驾驭我的游侠。那么，那在天幕下跳跃扭动，盘桓欲望之漩涡的红狐是你吗
那迷乱于野性的血液，俯冲向我胯下命令我驱驰，又梭子一样滑向远处的牝鹿是你吗
放肆的嬉笑，蓦然返身于衣襟半敞的一对葫芦，诱使我的髭须光芒四射。大地之铜破土呼啸于山脉之上、荒泽之上
金环滚荡的黄昏——魅之唼喋是活泼于世纪首尾的鱼儿，激荡男性无尽的魂魄。诗之沉吟——如金如水……

高大陆志

具象的图像之上是什么样的虚无
有形的形体之下是什么样的渊薮
我的目光哗哗流淌，哺乳脚下的平原。这高大陆下红物质的平原——石榴的籽实在空间被塞满的日子成熟，蜂巢从房檐坠落，疯狂的地面苔藓一样向下沉陷。诗的面目被涂鸦亵渎，呕出无数的《城市苦闷》——

一双疯狂的红袜子
十二岁那年我对着画册做梦
眼睛被剥得精光

邓肯的大腿好白啊
——太阳下的雪糕
我在成熟时被大水包围

而具象的图像之上，乌云守寡于相思之水，黄金矿石在佛龛打坐成一具无法分娩的死胎

只有我，高高地端坐于源头，享受黎明时分马群泅渡的战栗

我的高大陆居于水湄之西，儿子们的声音被铜铃和彩旗招摇于夜空，烧蚀的月晕隆重地为之加冕
我的高大陆，霹雳的礌石压满城头，箭壶的口端问事下方朝野——我的高大陆居于水湄之西

哦，高大陆，奥陶纪赭红的窗外大堆大堆的岩渣烧结密码，一只如箕的蛤蟆蹲踞在雷电的路上，充当宇宙的邮差。陨石的天象馆，防波堤微微回荡飘渺的涛声。一双嘴唇在石英精致的围棋罐中发着清晰的卷舌音
奥陶纪赭红的窗子，羽毛的快艇划出划进——高大陆的居民对上万种语言心领神会

古老纯正方言的操持者，物种学和地方志的创始人与精研者，我的族谱无须借助石碑，第一百代子孙刚从羊水中泳出，便能准确地喊出我的名字

是的，狼崽的声音已经成熟。一道雪亮的闪电向世界指示高大陆的位置。我们面临荣誉的逼迫而无法回避
那么，就亮出那张名片吧
1987-8-2

高大陆（下）

出黄土记

蹄——追逐乌云无处藏身的燧石的燹火，听到它筋腱之上浩荡的欢呼了吗？黑夜岩石陡峭的顶巅，孔雀铜堂皇的器乐，你什伐赤[①]浩瀚的蹄子将为谁的降生踩响定音鼓

大片大片的黄土自凌霄处应声而落。天马王族的功勋，崩溃的雾霾如芥子，被鼓胀的鼻息重新播撒。唯有将军和骑士的威严坚不可摧，以灿烂的陨落布列战马于石雕之中，于山巅之上，于唐家村之北

我在大麦金黄的芳香中醒来，陶瓶之身被麦芒纹刺蝙蝠和菊花

---

① 什伐赤，唐太宗李世民生前的六匹战马之一，其余五匹分别为飒露紫、拳毛騧、白蹄乌、特勒骠、青骓，后被镌刻为六块大型浮雕，排列于陕西关中李世民的昭陵神道，称为“昭陵六骏”。

而时间已到了正午，壤土白色的蒸气耱耙一样向着松软的原野默然前行，然后被高空那盘海绵体的蜀葵吸收
植物的贡台，一长溜二十四只精致的罐钵，青蛙在我空空的体内泅泳幻想之水

我海洋般暗蓝的血液，被荣耀于昭陵石碑的六匹神骏梦想着。它们庞大的军旅已转战于五尺黄土下的青砖驰道。五尺黄土之上，紫红的石榴仍激荡着铜钟和礌石

哦——遥远的帝国王朝，你生气勃勃的石头的威仪，你的伏虎，你的麒麟，你的天马，它们浑莽的腹下卡紧世纪苍茫的夕阳，黑色的阴影层层升高

我是一柱被欲望旋起的龙卷风，承受西天之火的惑乱，终而以成熟的喉结在黑影之上施令——你们，埋伏于壤土下的将士、列阵于神道两旁的马队，从陶俑中醒来，从石雕中醒来！醒来，醒来

一条花翎之路，通向史前兽化石之光覆盖的城池……

入沙漠记

在日暮时分的沙漠腹地宣礼，你孤独的朝觐者啊，招魂的长调仿佛绣有暗花的白绫，所有事物都不敢承受这柔指的抚摸，匍匐于沙漠边缘
七窍流血的诵诗者，那肃穆的黑袍即将同他一起融进夕阳了

内陆的驿使不堪大漠的黄金气焰，从马头前打道回府
而谁的声音，从天窗泻入的光柱向着下方训诫：来了吗——你？那么，就请脱掉鞋子吧。这里是圣地，是你灵魂洗涤的圣地。我知道你要来的，我已在这等了好久。你原本是火的后人，可是否还有勇气回到这火的家园

言讫，天窗关闭。星星的蛾子旋转陵园墨蓝的穹顶。高迈的沙枣树下，一部金箔卷册渐渐失形于继起的火焰——烟焰追逐群兽，倾覆群兽于大地蓦然开裂的深穴。飓风的波涛稍一迟疑，又以更响亮的呼啸追随石油拍击地壳的腹腔

而另一支影子的队伍，沿黎明的软梯结集于天国庭除——三十万匹金狮子，从太阳的城池倾巢而出！那遍体如铜钱的密毛的漩涡，摩擦干燥的云箔，拖曳的电光噼噼啪啪，放射

大漠隐形的通天柱。雷霆的高车一路金鼓

威风以至如此残酷的是掘火者脸部挥霍不尽的紫铜汁，使一架搏虎的大鹰瞬间气化

充血的石油树，在我的脚底蔓延根须……

俄古博斯特神庙

> 地矿研究机构最近在生成于我国西部古生代奥陶纪的锡铁山矿石中发现了天外来物——宇宙尘。其形状多为圆球和数球集成的连球体。表面有撞击坑、沟槽及烧蚀孔。
>
> ——《青海日报》1987 年 7 月 1 日头版

极地，词汇之蔓无法触及的冰岭。俄古博斯特神庙沉静于透彻无垠的晶蓝。基座青色的石条粗粝浑莽，扎满云母的苔藓。其上金星点点如青蛙斑背开合的气孔

万有引力之虹，空际串连的水晶切片缓缓摇曳风筝的骨环。黑色的欲望哗哗下沉，注入内陆腹地随处可见的酒槽，酒缸的瓷底软化一撮酡红的泥突

俄古博斯特神庙，一匹前世独自巡游冰岭云海的雪豹，砌进条石粗涩的门楣。王者的霸悍已疲倦成老者步入天国的慈笑，在这哲学之杖步步点化的哑区，司阍无垠的宁静……

喧嚣的泡沫在大钟之外，锈蚀的青苔在盘龙之外。俄古博斯特神庙，世纪前掠开第一道水光于鸿蒙的始祖鸟，制取生物火汁的宇宙冶炼场

燧之人披发酡面，独自寂寞于涛声远去的奥陶纪石台。脚掌内隐姓埋名的直角石用排泄的珊瑚浆淤塞最后一眼气孔。火山业已冷却的粉屑时沉时浮，似远去者留作警告的最后一箕骨灰

独坐圆心，被四周丝网的手指所牵拽，被体内焦躁的血液所迷乱，燧之人，已在铁鏊上翻转成通体透亮的红虾了

火哦，火哦，赤铜的胎块已足十月了，岩金的软头已在子宫出口啼呼了。他仰卧翻滚，肋骨间喘动的金龟骤然兴奋于唇齿无师自通的爆破音

火哦，火哦，奔涌于抽搐的十根脚趾的火哦

无数世纪后，当新大陆醒过它没有激情的梦，才恍然感受到来自太古那一巨震的余波——是燧之人以手指撕开胸脯，殉

身于宇宙之父的基座
随之是最灿烂的一个瞬间，那些破膛而出的金质岩块——新宇宙我们无法知名的元素集团，各自亮出臀部的胎记，又以小公羊短角上哨立的紫光，对撞地球岬角上火的流苏……

呔！火球，对撞的金屑尖啸着如雄蜂发动的总攻，然后又集合列队，操练黄道十二星座入宫的典仪
哦，白羊星座，你浸血的白萤石；哦，金牛、狮子星座，你焦枯的累累伤痕；你断爪的巨蟹座、折鳍的双鱼座、无螯的天蝎座……摩羯、室女，当枝形的电光在宇宙洪荒扬起尖啸的嗓音，你们便永远地弹射而去

那缤纷于灰烬下的落英，亿万年后被地质学家的放大镜所惊奇
闪烁成西部省份一张日报套红的号外

你——燧之人撕裂的胴体，石化一座高高在上的神庙。冰山土著的浊擦音，火的词头、冰的词尾，组合你高古的名氏：俄古博斯特——神庙

摩天轮

游乐园的过山车，在铁轨的圈顶拉响一个短促的哨音，便哗地潜入水底
第二次的仰向冲刺，仍是圈顶高点上短促的呼啸，难以暂留，无法占据
巨鲸从水下跃起，一次次寻啄海空不可获取的圆环，终而于沙滩横陈水族之王一世的悲愤

金鼓砰砰擂响长川湿云，淘金者倒了
方尖碑从沙原缓缓顶向日暮流血的西天，掘火者倒了
从黎明到黄昏，一只高腿火鸡沿昼日的虹桥从容舞蹈，检阅大地茂盛的尸骨
水气悠悠缕缕波动旗子的经纬，山脉下滑为大荒低矮的远景……

嗷——嚎叫，是一只向暮日嘬取血沫的火狐之崽呢，还是转世的哪吒
你青蛙般的腿肢已爬上沙岸，你的光腚正渐渐被沙平线下沉的日潮所悲壮，不再啼哭
你瞳仁中伸出的手指，是要抓住沙漠腹地的风暴吗

呼啸的天车云阵以巨轮从黄沙板上拔出霹雳之火，喷滋的流苏飞扬成紫旗啸嘘大漠禁令
站成钻塔群的巨灵头缠闪电之巾、腰束闪电之带、手执闪电之绳嚎笑于暴风雨，它们的掘火之歌创世之歌从午夜到黎明就这样摇撼着

哦，淘金者倒了么，掘火者倒了么？孩子，他们都散形于万劫不灭的大气，向你留下勇气！下面是你母亲慈爱的大地，是她从茂盛的尸骨下为你吹拂的花粉
孩子，你双腿能站稳了么，你能开始劫后的舞蹈了么

通宵白雨，通宵好透彻的白雨！金属苏生的芽尖在钻塔的远景中上下错动
脚蹈飞火轮，一个双肋生翅的圣婴轰轰地舞向远处——

欢呼啊！第二纪庆典的音乐喷泉

盟逝

我以这个地方盟誓，你们将在这里不受羁束
我以一个创世者的名义盟誓，我确已把人创造在苦难里，但难道我没有为你们的脚踝安置筋腱？你们怎能不超越灾难呢

盟誓！誓以急掣的、喘息的、蹄发火花的马队盟誓

我以有星宿的穹苍，能证和所证的日子盟誓
我将你们栽植在有冰岭和火洲的高大陆，那里原是我创世的地方，你们怎能不延续创世的史诗呢
盟誓！誓以兀立俯视的雪山狮、以笑傲血阳的红骆驼盟誓

是的，你们曾经亏损，但你们已经复原
当解释高大陆秘密的最后权利归属你们，那只是一声吼，你们的语言会瞬间闪烁在天空之上

哦哦，高大陆，高大陆！盟誓，盟誓……
1987-10-11

在大背景中歌唱

暮色中，三匹急驶的白马离我而去
三匹急驶的白马
从草原那架长虹的始端
曾经仰视淋漓的新雨。棕色如筋的挽绳
穿过新娘花期迫泄的雨季
昼夜兼程地赶赴终点。香色滴沥
白马的鬃毛抖擞过每一个艳羡的部落
它们在我无端的吆喝中急驶。直至云端
六只削耳仄立于一片欢呼之潮

两条骄纵的雉翎在上
酋长鎏金的王冠亮成帝国草原辉煌的白夜
那时我们被马群中荣耀的神骏所崇拜
去长虹的拱顶
去新雨后长虹高高的拱顶

——这是一部背景
当黄昏的光线开始向脸部搜索
经验从时间中感知出无可奈何的结局
我们不愿再谈起流动的水
而白马离去时的每一段位移
都使我们紧张
我坐在广阔的暮色中
面对同样衰老的世界
人流中的脸正为一种不祥的血色所浸淫
女巫的预言在码头与车站不胫而走
十二日之后，十二日之后……
沙滩上的鲸鱼已提前开始行动

你三匹白马迸溅花香的草原雨季啊
长虹拱顶上高高俯视的史诗岁月
将从什么方向再次向我走来？什么时候
带着那座高地上所有的权威与荣耀
叱咤在人类上空

以不同的姿势进入同一结局
由谁说穿灵魂重返峭壁后的风景
反视身后

一张斑斓的豹皮正于暮云中呼吸

——它曾被钉死过一次

1988-03-26

白虹

认定那是我最清爽的一夜
在从世界梦幻中凸起的那一高地
腿，被古老的苔原吸定
水文站灯光如豆的白房子
远远脱离了我

第一次看见夜是晶蓝的
晶蓝得感觉不出夜的存在
蓝玻璃的穹空仿佛刚被雨水淋洗
天象馆一样滴满鋈银的文字
想到我从四月皇城的星象台走下
浑身缠满龙与蟾蜍

而八月之夜
独立于西极广阔无垠的苔原
只感到一只超验的水晶鸟

自恒定的冰星向我颅顶渗泻水声
点地梅悄然蝶化
蝎子蛹虫一样归入洞穴
我站在那里
刚感到秋天时便成了一只长颈瓶
灵魂徐徐逸出。一条白虹
划过鄂陵湖雾光燃烧的高空
还未看到它在荒原腹地落下
我已清爽得一无所求

1988-05-17

俄日洛

看见你时，总想到阴凉的世纪中
悄悄生长的星光
总想到一个种族的古典哲学
伫守月夜冰原的沉静

我从那个苍白的世界流浪一圈后
是注定要归来的
那个苍白的世界
有人在虚无的空气中运动太极之掌
有人用咖啡勾兑诗歌
实验室无风自扰的烧瓶叮叮当当

我在那个世界流浪一圈后
是注定要归来的
离开时我曾拒绝过那双老人的手
而此刻我才知道告诫自己——

想流泪的时候
就把泪攥紧在自己的掌心
不要看给别人

我泼出了酒
荆棘以不羁的形骸表现火焰
一条盘蜷的金蛇闭着眼睛

该从何处牵回那匹狮子
而梅朵塘已经次第开放
像家园门口悄悄伸来的花径
随之是一片透明的山水
用传神的方言同我说话
1988-05-23

客居

夜色中的距离
能使男人从自身体会出一种脆弱
比如此刻是在上海
你从凌晨两点的蛙鸣中醒来
独坐一层楼台
这时便有一张脸在云空浮成睡莲
距离牵引着你，林中木斧
在你体内砍伐月光
受惊的鸟群掠过木屋

凌晨二时
早班车开始怀孕
街灯之水不时漾过鱼的肚皮
你不能从脆弱中解脱
想着该写一封客居的信
你隔窗拿出稿纸

觉得像是递进一柄驱暑的扇
黑暗中有盘香悄悄摸向手指
最后你收回手来
而掌心仅留的一滴墨迹说
钢笔与纸已经离去

这座楼台的第三层
你一动不动地坐在那里
“斧头掉到水里了”
——恍然是老宅的那只黑猫
嗖地翻过栏杆消失
1988-07-12

午夜列车上对一株南方棕榈的回忆

轻易地忘记了那座城市
眼睁开时
这个窗口只给我以可辨的水泽
再次把自己投入黄昏
在别人睡去后独自醒来
午夜北回的列车上
黑暗外的某个时辰，南方
流星的曳光一瞬间使大野雪亮

你站在雪亮的时间中
一株棕榈
刹那间代表了南方所有的风景
山中的吊水楼或望梅园顶的一间房子
橘子红熟时洞开的门隐在雾中
一个女孩子从汉代的青砖走下
南风中渐渐通体透明

南风中通体透明的女孩子
裙带拂扬一条指向池塘的秘径
如盲文把注解留给手指。一株
站在雪亮时间中南方的棕榈
黄昏的音乐何时惆怅成目光
两棵酸梅子说你走吧。说
南方的雨季已经来临

一株棕榈
大野雪亮的时间被悸动的情绪固定
午夜北回的列车
那株南方的棕榈越走越近
1988-07-17

追溯逝者

你们离去
使我终身寂寞。空营盘啊
在北极星永恒的星象之下
祖母的绿松石映照你雪前的草潮
映照你高山牧地。你们离去后
绿松石中那支不熄的焰
便一直思念我
伤害我，使我的皮肤抵近闪电
辽阔的日子一天天紧张

我从每个夜晚走过石桥
那些白雾中的乡村，你们的史歌
谷仓一样照亮每扇朴素的窗子
道路昏暝，而铁的声音笔直
凌厉的霜一直刺入陶器的词根
我在你们深秋的湖泊濯洗芦草笔

金汁和羊皮纸，一匹疼痛的黑马
在正午垂直的光瀑中眨着黑眼

空营盘啊，世纪永恒的大陆极地
两种语言，两支痛楚的颂歌和金蛇
勒索我，使我的手指星夜开花
1990-04-06

履历

七颗怒放岭空的星辰
也放射午夜暗红的雪山和峪口
也燃烧着钴蓝

陆地上最结实的高岭
云豹的路啊，当我从北坡的草甸登临而来
当我踩着岩石，被照亮在彤红的天壁
那是你们的钟
震荡大气的黄铜、谷仓和树根
播种的白发老人把豆子撒向坡地
把木盘、漆和圆环
撒向一黑一白两条环抱的鱼儿
昏晨、日月、逻辑和节气
人民在劳动中发生爱情，认识事物
那是你们高岭上的大钟
春社的雪地上辽阔红日

道路
我的桥和世界
生命中的好日子啊

我从大陆上最高的营地进入道路
从乡村的玉米，黄昏平原上密集的碑林
也从河谷中的城市和丁香
道路环绕我、扑打我、舒展我
像竹笛在手指的奔驰中舒展色彩
那边是橘林和植物园
是红土、龙骨、玛腊人猿的森林
是他们从印缅陆桥走向坦噶尼坦湖的火把
人类从道路上走开，流布
雕刻石板、海贝和乌木工艺
那边是棕榈
草坪上的露天音乐晚会，一只鸽子
教堂塔楼上鸟瞰爱琴海一片雪白
道路，陆地上的泥泞
菊花在雨中，像被酒烧灼的心事
一把剑，一匹瘦驴的背影

诗人啊，当另一片苇荡被野火吹红
被烟雨浇淋，道路
那是你们共同的命运和真理
宇宙中的蕙草和星光
一璧皓月
它玉碎在水底时便是魂化的红玛瑙
像钟磬，像献给真理的艺术节
道路，道路，道路
是道路延伸我，照耀我。蓝色高地
七颗红色的星辰，怒放降生岭百花园歌

那一树槐花
刷白庭院的时候，那一架藤萝
绕满天井的时候，那一张布机
蝉噪中汲出清水的时候
是唐诗的哪一页，置于廊下的月光

我认识那六匹神骏
历史粗大的追光在平原腹地打亮尘埃
叱咤的电光奔驰
从雷声轰轰的云的罅隙，从山冈
从第十二道壕堑和世纪泄洪的河床

是黄铜的软波浪摇撼正午的麦地
当午后的蒸汽波动水光
它们负矢的肌肉和劈削的双耳
从荣耀的天空渐渐安静下来
石板，锛凿冲溅的线条
生命伤残中不朽的秘密
在黄昏的博物馆，向我封闭

我爱着铁
那混沌大气中最重的部分
在我的手中和被手触及的地下
铁是一种可把握的距离、尺子
艺术的审美空间。铁沉默着
使思想进入核心
使语言收聚成一种呼吸或脉冲
在冷峻的沉默中，它使世界获得了硬度
铁是最后的法则和结论

七颗怒放岭空的星辰，放射着铁
也放射着午夜暗红的雪山和峪口

无数个远行的日子

当你航行在大海上
你觉得生命是脆弱的
当你踩踏在高岭上
你觉得生命是结实的

那边是峪口。坡垄
大片的墨绿大片的青翠大片的嫩黄
在云隙潮湿的光柱中缓缓退去
和乡荫道上最后一匹农耕的马

陆地，一级一级的阶梯
从遥远的海岸线到中部平原
再到高原下的云脚，田野
在这里终止了。经幡飘扬的分水岭
布列日亭与月亭的天象台遗址
人啊，你将从这里重新走向世界

云的岩垒
蓝色高地上所隐匿的所呈示的所吐纳的
铁的潮汛，它波动或堆垒着
在世纪与世纪之间
传递一口隐形的大钟。冰雹打过

这高地上史诗时代的马蹄
岭空中蓦然一现的王冠
垂布成天壁上彤红的烽燧。从那里
斑斓的金钱豹踱回铁笛吹奏的花园

是什么在发生，是什么在流布
是什么在时钟的心脏咔咔走动
陆地上最广袤的星空，远行的人啊
当你感到自己孤独时
又同样是辽阔的

盲眼歌者
烛光中默捻佛珠的白发牧人
草地上传唱不息的英雄史诗
当夏日洇绿，清风鼓动帐顶的旗幡
当雪风怒号，冬日降临
他们始终坐在草地的篝火中
温习七颗怒放岭空的星辰

而高地消融着、积累着
冻土下的金子和冰川间的苔草
犹如雏鹰在冰岭的红日中所扑动的

云垒的大钟，放射着雪山也放射着海洋

黄色的河、红色的河、白色的河

大陆流布的色彩

使道路和家园缔结的艺术

从晦暗的林地发出光来

它将长久地被注视

像我长久注视着马和家园

注视怒放岭空的七颗星辰

1990-06-30

聂拉木雪谷

米拉日巴静坐在雪谷中
僧人米拉日巴静坐在聂拉木雪谷深处
一块冷涩的青石，孤离其上
第九年，峡风停息
雪渐渐发蓝
老木头外的藤须绕过洞口
向米拉日巴眉心撩来
他没有动
一只雪豹，凌空跃过他的头顶
粗尾劈响隆冬之雷
米拉日巴未动
那天清晨，高处的山岚收聚
在他身外罩出一间净室
透明的壁面雕满冰鱼
米拉日巴冥坐其中
他想过的那些事情

随声音一起离他而去
他下沉，身体退弃褐衣
脚退弃布履
大片大片的石头向天空撤离
第九年的夜晚以浓雾逼灭雪光时
一根蜡烛
从他的脚心渐次亮上头顶
米拉日巴通体透亮，八百年后
他使我们从骨头中看到玻璃
1990-07-13

仰望星辰

是这些简朴的汉字
为你开放今夜的这个时辰
黑暗中的一把椅子
你坐在一位歌手的遗稿前
手在窗外的月下舀雪
指头上的夜晚渐渐扎痛枫叶

这个使人疼痛的夜晚
失去歌手的马独自走入草地
一个昨夜消失了的村庄
它的女儿们河水中亮成银子
北方草地上的星空
照耀白杨林和硬汉子的星空
女儿们的银子使河水弯成刈刀
瓦罐在改道的河水中央
沙淤的蓝雾之下，血脉潮湿

今夜的骨灰雪水中歌唱秫秸
那些围满北方的银子的杨树
今夜歌唱一个
它刚刚死在草地上的兄弟

今夜你倾听着这些汉字
天空中的村落灿若彗星
你渐渐被洗劫一空
独守大地上的一罐骨灰
1990-08-11

羌塘

六颗痛楚的红宝石
六朵白檀，六盏星
春天从繁茂的壁画间迁徙
春天冷涩的兵器和青稞之芒
挑亮陶墟深陷的窗

红雪哦
从武士剑鞘中抽出的清晨
六颗宝石如六颗未化的樱桃
使掌中的纹铜隐忍痛楚
长痣的美人，鹤
帐中的舞妃或月野的猩红
春天病树上六朵冷艳的蕾
闪烁高山潴地一对断头的牛角
六个文字
宣布辞源和水

吟牛角上的六盏星

就像饮斧头迎面劈来的血乳

就像落日中一匹失群的马

在金红的流矢中叱咤

1990-08-13

空营盘

怯绿连河青青的河畔草……
是妃在唱。妃在西征的军帐中
妃在帕米尔高原的秋夜
唱蒙古乞颜
唱故乡的怯绿连河
怯绿连河——青青的河畔草啊

妃在草地的秋夜唱着
那时节青花马背上她的汗王
把西征的兵马一路撒向大地尽头
豆子落地，年年的花蔻中
早春的融雪一空四野
早春的融雪在汗王死后一空四野
女子的怯绿连河黄花两岸
一朵朵杯子，从水中
漂入昨夜日陨的峪谷

青青的怯绿连河
春天的空营盘里一个青青的女子
岁岁花蔻繁密得使她难受
她唱着那支乡谣，望一望远方
又望一望远方……

1990-08-15

昨夜的月亮

月亮下我想起那匹白马
波光粼粼的草地上
一匹退役的白马
站在黎明的水中

这个时候整个世界的灯光灭了
北方草地上红色的夜晚
火把一路从马背上擦过
血泊使草地充满温馨
血泊里草地的汗王坐在灯中
马蹄漂过河湾
故居的毡庐在白雪中
收藏了灾难和铁

一匹亚细亚穹空中划亮史诗时代的白马
一匹雪灾后伫守河流与牧地的白马

在深秋的苍茫中
进入我们的骨髓

这个时候整个世界的灯光灭了
北方草地上的河流
是白马一步一顿地涉水而来
在我们的血液中定居
1990-09-03

晚唱

那个夜夜被篝火温习的人
是一种从剑刃上收回的目光
是一件陶器，坐在颂歌的核心
呈示静态的火焰

而这时候夜气松弛
植物蓝色的花英连绵游牧季节
篷车的高轮碇泊于四十度北纬线
四十度北纬线上篷车的高轮
在汗腾格里冰山渐熄的圣火中
孑立于中亚旷野。薄雾中
一颗雪亮的星辰
悬垂于夜气中隐形的金顶大帐

篝火。一匹金黄的狮子
琴弦上汗腾格里冰岭亮如白昼
1990-09-05

漠北

他早已走在路上
与胯下的瘦马一起漂泊于那支古歌
每一个相同的夜晚
他把道路卷起
又在启明星下铺开
寒霜一步步荒凉他的背影

他之前的那个人
日落时分留下了他的名字
飞鸟在时光中一次次褪去羽毛
上路的时刻
他的名字已被久久研磨
变冷、变硬

孤独的漠北草原
唯一的杨树山岗上袅袅一支目光

黄昏中金红的杨树
天幕上波动红缎子窸窣的漠北草海
脱离他。辽阔的夜色
把他拉成一条无尽的道路

瘦马潮湿的眼睛
延伸我于细雨中的漠北古歌
在二十世纪，一个相同的夜晚
1990-09-08

斡难河

一片枯红的叶子贴着去年的桦木
贴着去年的围栏和霜
和晨曦中羝羊低垂的弯角
彻夜等待的灶炊
一束目光，摇乱远处的深草

但没有那群打马蹚越河水的人
没有泼地的风和八架铁翅花雕
逆光中一路舞蹈凯旋的红雪

斡难河流着
在营地铁灰色的暗部像一河银子
从一只手到另一只手
传递林地的木桶和饮水的瓢
而去年的动作已无法重复

只剩下这片静静变红的叶子了
贴着斡难河
贴着斡难河营地去年的桦木和霜
让我为一位母亲写诗
为一位母亲点亮深夜的烛光

北方以北的草地
女性留守的斡难河营地久已空寂
只有我接取木桶和那只饮水的瓢
为一位母亲和她的羊群
在枯红的叶子上写诗
1990-09-12

吐火罗·中亚黄金大道

那时节黄金在大道上奔驰
那时节亚细亚腹地被烤红的夜空
黄金的光焰一路雷霆

吐火罗之族，灼弯的巨蟹星座
大钻石、太阳的火硝
谁看见了你
谁从雅尔和图灼烫的正午
看见你的大时光
从天空走向烛光和诗篇
大生命选择自己的舞台
擂鼓走向天堂。武士戈壁吐血
棍僧断腿爬行，强盗的头颅
放大于正午盆地如水的烟岚
而后是突厥叶护可汗
帛练裹额、深目赤瞳

瞬息风雷乱世
是回鹘亦都护火赤哈儿的斤
朝日金戈为王暮日负矢殒命
大生命以奔驰的中亚黄金大道为舞台
擂响吐火罗的天空
大圣哲选择自己的道路
火焰山壁一个僧人和他的三个使徒
焚形烁影，莲花琉璃，通体光明

吐火罗之族，谁看见了你
谁从吐鲁番的铁砧与火锤之间
看见一颗滚圆的紫葡萄
传递西域女自古不眨的媚眼
大英雄请以柘枝舞为黄金的大道抒情
是紧身的黑天鹅绒袷袢
火红的石榴裙，踮立如锥的漆皮靴
大钻石凌空悬垂，大钻石
在王宫、城郭和白杨升起的音乐中
垂照大地不朽的园艺

长绒棉白了
哈密瓜熟了

一渠清水，从坎儿井的月色中
接纳婆娑的藤叶和琴

一个裸体武士从大地之血中走向天空
一个豹皮将军从大地之火中走向天空
一个黄金之族从大地之光中走向天空
大生命自己成就自己
大生命在大地上吐血，雷霆中舞蹈
使时间在天空中向自己收聚光芒

是的，长绒棉白了，哈密瓜熟了
铃铎和汉诗照亮紫苜蓿上黄昏的马群

城堡风蚀，石碑漶漫，锋刃清瘦
一切发光的物质都被天空所收藏
没有一个大生命是能够腐朽的
像黑夜、历史、灵魂和雷电
像雷电屏息于黑夜云层中的牧场
没有一段大时光不是挥金如土
血脖子、斧斤、负矢的猛虎
大时光以诗篇召集自己的英雄
昙花献命、舞者焚身

一瞬间成为永恒

黄金一直在天空的大道上奔驰
吐火罗的大时光
在黑夜顶巅的海上花园铄金流火
大地不朽的园艺，诗歌的钻石
谁在你们深沉的黑夜中
销铄成一支白烛

1991-11-15

黄昏在乌拉泊看一只水鸥

是一只水鸥在飞
一只水鸥在乌拉泊
在乌拉泊之上的大戈壁
在中亚旷原的暮色中——飞

空旷啊
盛开史诗和金针菊的中亚旷原
是一只失群的水鸥和我
大地落日中饮鸩止渴……

1991-12-07

黑羊

黑色的大尾绵羊和黑山羊
西亚旱带山地上啮食树叶的黑羊
和中亚草地上舔食雪光的黑羊
是一个岁月的版图和宝石

在亚洲的高原与高原之间
牧地、雪和钢蓝色的夜空
辽阔凛冽的寒气闪烁唯一的星
崇山黑夜中伏藏的电光
闪烁冰岭之上唯一的黑羊
头枕马鞍的突厥人从黄昏中醒来
看见黑羊的菊花在落日中
向大地投射篝火，和
铁的色泽

羊，沉静的黑的色素

一朵菊花血泊于世纪的漆中
就是突厥人的史歌，铁和空旷
是铁以游牧帝国的马蹄
蹚开亚洲高原云层中的石头
黑色的铁在光中奔驰、消殒
在羊的生命中
绵延牧地空寂的家园

唯一的是黑羊
亚洲高原上的粮食和宝石
唯一的，是羊和黑的色素
是黑羊升起于天空中游牧王朝的词根
大光阴和世纪极顶的喀喇昆仑
如漆的黑羊
亚洲高原篝火中的晚唱
1991-12-09

金狼头

一只金狼头在皎洁的月中
颈毛密实的一只暖融融的狼头
在圆月的护心镜中
高悬千年史歌

黑夜草原上卜居者的毡庐
一星荒火，寒柁土中烧结为瓷
北亚星空下的一碗清水
勺的爻辞，在幽蓝的预言中
是阒寂牧地上苍狼旷世的一扑
极光凌厉，清澈的铁
使长嗥的孤胆凌空飞翔

野火在天边，菖蒲起伏
锻奴的锤和金星萤火中一只狼的族徽
摇撼无涯黑暗

春。血的酣畅和痛楚
春天的马蹄践踏一片血的花海
金狼头
缤纷的兜鍪王冠缤纷千年时空
骨头捶打，王朝马汗，铁石金文
沉陷的暮日合拢河流牧野，一把弓
锯动千年后的夜雾为琴

半个月亮爬上来。金狼头
一碗清水，空空无涯花海
1992-01-10

鹰笛

帕米尔冰岭
渐渐熄灭的圣火中的笛
吹奏祖先的圣火
黑夜大地顶巅的鹰王
以淋血的翎骨在冰光中横吹

吹奏，是鹰王淋血的翎骨
在这个如晦的夜晚
追述一颗陨落的大星
是笛声幽蓝的追光空踱千里牧地
大河四野流离
湖泊蚀结的硝土和盐
索取昨夜饮水的镜中之马
干草车在牧地中央
驿路荒原中的一架干草车
流萤的灯笼空映夜夜白霜

无涯冰岭上鹰王尖厉的笛
黄昏的火焰在翎骨中淋血
牦牛潮湿的瞳孔
一对对犄角
一对对伶仃的犄角曲伸蜿蜒
围拢，鹰王淋血的翎骨
1992-01-26

下编

宁夏

在宁夏，从最低的地表看过去
你最先看到的——是水
高出水面的，是生长植物的平原
平原头顶，是流沙堆垒的高岸

水是改变了形态的黄河和黄河本身
它以河流、串连的湖泊与湿地
洗亮开紫花的苜蓿，结红果的枸杞
用绿树环围的稻田向你指说水乡

水上的宁夏是苇丛与波光摇撼的海市
一群鸥鸟刚刚隐入港汊，另一群又从
游艇前弹起。它们用京腔和粤语喳喳学舌
啊嘎、啊嘎，天下黄河富宁夏

但什么时候，流沙的崖岸恍若雪崩

一万只沙豹排山倒海俯冲而下
那时你是西夏骠骑兵中绝望的校尉
还是沙尘暴追逐中无路可逃的卡车司机

哦，“穿过绿色茎管催动花朵的力”
就是指说黄河？就是黄河从最低的水面
催动藤蔓向高处攀援。一步一丛芦苇
鸥鸟在星空筑巢，沙枣在沙海腹地开花
2011-08-27

秋水

恍然想起你是李清照的同窗
春天的廊檐下独自研习金石与丹青
朱砂色的印章，篆字的道路山高水长
它是风景的迷宫，印入你胸口的红痣
山水路上迷魂的幻鸟。召引你
从喧闹春色走向迷蒙的纸上生活
比如红润的海棠自心愿的掌纹启程
宣纸上渐渐抽离成为一株兰草
寂寥空谷中的一株兰草
它离幽雅很近，离世界太远
只适合天上的月亮欣赏

而那个名叫艾米莉·狄金森的
是你的另外一位同学？
潮湿云朵覆盖的北方小镇
植物课是入学前大草甸中的迷路

农艺学的实训与日子相关
是初中生井台边的水桶与瓢
一缕光束从云背打亮篱笆旁的草莓
这大自然的诗学，多少年后
使一溪清水在社会学的礁石前分流
狄金森姐姐在幽居抒情
艾米莉姑姑在闹市叙事

孤独是迷人的?
秋风摇撼中孤独而柔韧的芦荻更其迷人?
喧嚣空间中一只安静的小小刺猬
它自卫的软刺，也同样迷人?
而人生，据说是在茫茫世事中蹚一场浑水
但它何以不是闪电弹拨的琴弦
遍野暴雨后雪亮的星光冲怀
秋天的大海伏藏一部小说的所有秘密
适合站在临海的塔楼上俯察
2011-09-20

星空之下是人间的酒镇

在四川的夜晚
即使大地上所有的灯都灭了
那些密布在山川中的酒窖
仍能神灯般地发出光来
使一只玄鸟展开凤凰的翅翎

夜雾中人影浮动
那个细雨骑驴入剑门的人
腰挂长剑浪迹天下的人
草庐中对着北风号呼的
一个个落魄倒霉的人
都在这里孤独地举起酒杯
低头独酌，或邀月对饮
而那对借着夜色成功私奔
又迫于生计返乡开酒垆的落毛鸳鸯
我在千年之后喝过他们的酒

以“文君”冠名的品牌好像是昵称
让我总是惦记老板娘的皓腕
但酒钱却交给了别人
就像那些失意的饮者
他们的诗篇照亮了世界
并以经典的名义不断再版
版税却由别人收取

但玄鸟与凤凰一直在夜空中载出载入
像围绕一个太极球遥相追逐
又像随一个神秘的漩涡首尾衔环

昨夜在山坳中的射洪
另一群无名之鸟聚拢于湖畔丛林
左边是又一座人间的酒镇
是百世留芳的酒
右边是失去了主人的读书台
是千古郁闷的诗
一位念时空之苍茫而怅然涕下的诗人
把终生气力拼作一首绝唱的诗人
被一介鸡毛县令攥死在故乡后
又从时光中死去活来

据说这就是天道的玄机
或人生的舍与得
那时舍得二字就竖在大家面前
然后又横在大家面前，疑似一场面试
但酒在国学的容器中仍然是酒
比如文君是一种酒，太白是一种酒
舍得也是一种酒
酒被市场学诠释为诗学与哲学
但它不可诠释的部分更为接近神学

一坛酒来自无数倍大于它的物质
成吨的五谷在作坊中被粉碎
从一个容器到另一个容器中赴汤蹈火
在蒸煮中糊化，于水淋中冷却
重见天日时由风脱除粒子中的躁气
经扬弃而变轻、历提纯而沉着
然后听见了酒曲的叫魂
进入发酵的泥池再度历经炼狱之旅
最后的时分是蠕动的醅料在穹庐中云蒸霞蔚
酒在蒸汽的下滴中现身，收纳了长虹

酒的玄学来自对于世界的隐喻
它被人间的工匠酿造，却以物质的涅槃
演绎了苦涩的人世造化模式

而拒绝隐喻的，是它的大雅大俗
两位快乐的川人在一壶酒前猜拳行令
出招之前先互道一声：响泥雪喜
响泥雪喜啊——向你学习
山峨峨乎水洋洋兮
知音相逢，向你学习
2015-07-11

巴丹吉林岩画作者说

在曼德拉山谷
在苏亥赛，在乌库础鲁
你们如睹天外造物般的
造访这石头上的图像
并猜测它出自谁的手笔
那么我告诉你
这事儿是我干的

我先画下了这一幅，再画下了
另一幅，接着是另一幅之外的
另一幅、另一幅……

你们把我的时代
叫作新石器时代，叫作先秦
叫作唐、宋、元、明、清
但那只是你们的时代

而我一直在游牧
你们在养蚕、织布、种植小麦时
我在游牧
你们在杀伐、屠戮、建造王宫时
我仍在游牧
但我是一位诗人
我只想把我们的马和羊
我们的骆驼，刻在石头上
把我们的生殖、繁衍和舞蹈
刻在石头上
让我们的日子，在石头上歌唱

我想你们已听到了歌声
并看见我羊血红的手印
在石头上放射光芒

是吗，你们想见见我？
我想不出这有什么必要
至于你们是否想向我致敬
我并没有这个想象
但我愿意接受

2017-10-13

苏亥赛台地巨石群

这世界很大，我是知道的
但当它居于世界之中却大于世界
你极目四望看不见一个人影
一匹骆驼走着走着
就倏地退回洪荒
一群初来乍到的人张大了口
却发不出声音
这意味着你从阿拉善大戈壁
已一步登天
踏上苏亥赛台地

沙碛之上遍布巨石
来自太古的巨石更像来自太空
星球一样的巨石
海象般趴伏的巨石
怀抱石洞、石窝、石臼的巨石

当它们从冰河期的冲撞中终于水落石出
又被交给了雷霆与风
风从旷古一直吹到昨夜
到了今夜还将是风

但苏亥赛台地此刻万籁俱寂
磨砂蓝的穹空似昼似夜
而你心头一片茫然
像历尽了前世和来生
2017-10-18

部落姊妹花

——题曼德拉岩画之一

前方有什么
草原上的节日盛会?

大半个部落的人早已启程
晚行的老者也在赶路
而你们，一直驻马于高坡

当蓄谋中的时机终于到来
你们突然松辔扬鞭
让你们大走马的马尾风一样地飘起来
让你们的发辫风一样地飘起来
让前边的骑者闪出一条夹道

让你们姊妹花的惊艳
再次践踏骑士们的眼睛

2017-11-30

突厥铁骑

——题曼德拉岩画之二

最前面的是擎旗者
整个队列保持着前压的姿势
闯入了骆驼、盘羊的队列
始终保持着前压的姿势
天似穹庐
而穹庐之下
是一双隐形的鹰眼
为游弋的突厥铁骑导航

2017-11-30

天堂

——题曼德拉岩画之三

看哪，这就是我们的家园
它很大
但不是你们所说的辽阔
也不是一望无际
对了，它是天

看懂我的这幅画了吗
我们无数的骆驼、驯鹿，还有神蛇
我们高草中无数的飞禽走兽
为什么相距那么远，看起来那么小
小得像黑夜中的星星
而骑者那高高举起的旗子
为什么谁也不去号令
只像一片和平的祥云

是啊，那就是我们的家园和万物

它在被你们仰望的天堂

2017-12-01

迎客
——题曼德拉岩画之四

客从远方来
长高鸟黎明就来报信

父兄仨骑马迎出了十里
蹚过草滩上的河流
又转过一片山麓

嚯哦，他换乘下来的无鞍马
已被远远地甩在身后
他的随从也被甩在身后
客人风一般地刮了过来
迎客的三匹坐骑猛地一个停顿
闪得主人们同时上身前倾
张开迎客的双臂
2017-12-01

扎鲁特草原之夜

在扎鲁特山地草原
当薄暮降临
清空山脚最后一批旅游车窗上的反光
穹隆如盖，大地静寂
草原在夜色中重新返回草原

是我从来不曾见识过的高草草原
齐膝深的高草、齐胸深的高草
簇拥在黑夜腹地纹丝不动
但随着雪亮的星群从山后蓦然涌起
遍野高草霎时风起云涌
浩荡的草梢如一万匹马鬃飘拂
从山地巨大的斜面下一路涌向高处
涌向高处的敖包
敖包之上的苍狼山顶

黑夜之巅的苍狼山顶
其下是一杆苏鲁锭驻守
其上是万古的月光照耀
环围在山脚下隐隐转动的
是遥远的城市萤火——
北京、喀布尔
耶路撒冷、曼哈顿……
2018-08-26

在科尔沁，对某些行政区划名称的释读

“南方飞来的小鸿雁啊
不落长江不呀不起飞
要说起义的嘎达梅林
是为了蒙古人民的土地”

那时你若要给嘎达梅林捎一封书信
标准的地址是
内札萨克蒙古
哲里木盟
达尔罕旗
腰茫哈苏木
塔木扎兰屯

那时节的内札萨克蒙古
就是旗长制的内蒙古
与漠北蒙古对应的漠南蒙古

旗代表一级军政建制、一方草原封地、一路铁骑兵旅
旗代表旗
代表旗长札萨克的王旗和兵旅簇拥的战旗

那时节漠南蒙古四十九旗的
四十九路兵马四十九杆大旗
就在四十九位札萨克的领地遥相呼应
随后每隔三年
四十九位率领铁骑逐鹿围猎的札萨克
又在草海中合纵游弋成六个漩涡
六个漩涡中升起六座金顶大帐
号令各路诸侯分区会盟
昭乌达盟、伊克昭盟、卓索图盟
乌兰察布盟、锡林郭勒盟、哲里木盟
六座大帐中钦差监事、札萨克言事，然后共同议事
大帐外乌云翻滚、沉雷隐隐，复又风平浪静

那时节环围哲里木盟大帐的
是科尔沁两翼六旗为首的十杆札萨克的大旗
旗之下是苏木
苏木之下是嘎查
但嘎达梅林出生的嘎查

那时却被称为屯
屯的语源费解、语义含混，唯有引申之意清晰
以“卷”与“围”的理念所构筑的屯
当是游牧草原建制体系中，最小的军事防御单元
疑为黑水流域崛起的女真人
留给蒙古人的一个建制名词戳记
其后遍布蒙古马蹄、女真马蹄踏过的北方

“北方飞来的大鸿雁啊
不落长江不呀不起飞
要说造反的嘎达梅林
是为了蒙古人民的土地”

今天你若要给嘎达梅林的故居发一封信
地址则需改为
内蒙古自治区
通辽市
科尔沁左翼中旗
舍伯吐镇
塔本扎兰嘎查

盟改为市、旗还是旗

苏木变为镇、屯回到嘎查
行政区划称谓的变更意味着空间形态的变更
但你已无法听见一条河流源头，蟋蟀的奏鸣
市是城市、镇是城镇
城的概念就是层层拔高的楼宇把人悬置在半空
只是你不明白哲里木为何要更名为通辽
当你望文生义猜想它是直通盛京所在的辽宁
却被告知其意为通达辽阔
但通达辽阔、车水马龙的市区唯独不见马
旗是游牧的县域、嘎查是旗下星罗棋布的村落
却不见苍凉长调中飘拂的大旗

黄昏中你想象着天际一只久久盘旋的鸿雁
不知该降落在哪一片时空中更好
2018-08-29

我无法确定它就是通辽杨

我无法确定车窗外接连掠过的杨树
就是通辽杨
但我一次次起身拍下它们

我爱这样的景色
在玉米地铺展向天边的田野
高高的杨树纵横排列
在田野上分隔出田的图形、井的图形
铺天盖地的墨绿
默守井田制时代的风景

但这作为乔木耸立的杨树
又像是作为灌木生长的杨树
是乔木挺拔的主干
又被周身生出的枝条簇拥着
为扩大屏障功能而基因变异的杨树

在风沙到来的季节
拦截风、拦截沙

但没人能告诉我它就是通辽杨
资料上的描述似是而非——
“通辽杨是遵循乡土树种的适生特性
由小叶杨与钻天杨混交的自然杂种”
这个条件似乎成立
但它却“干形通直”
主干上并无密集的枝条簇拥

我大惑不解地把手机中拍到的照片
转交另一部手机软件中的识花君辨认
第一次告之曰无法识别
第二次告之曰无法识别
如是再三再四
最后居然弹出了一个“画”字

莫非这就是画字的本源
中间是广阔的田野
四周有树木环围
2018-09-01

一个人与一部藏书

“汉无伏生，则《尚书》不传”

——后世学者

九十岁，伏生终于熬过了他的时代
刨开惦记了大半生的墙壁夹层
一双老眼鹰隼般地亮了一下，又随之
黯然

人各有命
他的命就是用来定义“藏书”这个词
把书珍藏在藏书楼或藏经阁中
不叫藏。码放在图书馆和文献库中
也不是。伏生之于藏书
就是用命保藏一部书，就是以命护命
这样的书也必有其命
它在午夜命犯火星

又如同长庚星垂照万古

但眼前的《尚书》只残留下了半部
伏生的半条命没了。这条已熬到九十岁的
垂垂老命，必须再熬出半条

他从此开始嘟囔。从身体内
反刍吐丝般地日夜嘟囔
嘟囔是一代宿儒最后启用的经学授受
密码。他把上个世纪的语言
转换成浊齿音，来为这个世纪补经

那天我在隆冬霜雾弥漫的大野
看见一只恍惚的大蚕。像是
环罩在雾光中，又蠕动雾光在天地间蒸腾
这是每天清晨我独自的暴走之地
但那一刻我却被突然锁定
接着听到打桩机锤砸大地心脏的钝音
一声接着一声
2019-02-09

在天境草原遥想一只鹞鹰

长云覆盖下的草原
细雨洗过的草原。洗透我肺腑的
祁连阿柔草原

草原在藏家客栈的二楼
为我打开了一扇观察草原的窗口
那时我被邀至走廊尽头的一间画室
像突然走进经学院的研修室
画室中十七岁的卓嘎眉清目秀
说她初中毕业后就回到这里绘制唐卡

从画室的窗口望出去
世界在无限的后撤中重新调整秩序
遥远的天际线下，牦牛以彼此默认的队列
亦步亦趋，沿河岸低头食草
眼底的俄博遗世独立，清风中幻变七彩的

风马旗，于清风中默诵经文
脚下是草原，绿茸茸铺展向视野尽头的
是下滑到河谷又攀爬上高岭的草原
高岭的后面，是发亮的雪山

此时你想到它何以被称作天境草原
世界在这里被过滤得只有草原
而在卓嘎的画布上
世界的中心是一尊菩萨

十七岁的卓嘎以轻声细语与我交谈
她似乎知道世界上的所有事情，包括
一管颜料的前世今生。但每个问题说清后
就不再多言，然后侧过脸来
等待我的下一个问题
哦，她要是我们学院的学生呢
这个荒唐的想法一闪而过
临别时我只有祝福她前程远大

但关于这片草原
我在卓嘎降生前就曾来过
流经草原腹地的那条河流

也从我书写的一部诗人传记中流过
它就是八宝河——藏族牧人的吉祥河
流向祁连县境的下游又更名为黑河
历史拂晓期另一个民族命名的
河流——匈奴人的母亲河
然后“唱一支粗犷的歌
向北折去”[①]，折向更北的额济纳旗
在星光下消失

但六月的阿柔草原
谁还记得一位诗人，谁还知道眼前的
草原，又被叫作阿力克草原
我曾两次在十月的飞雪中
造访过此地。十月时分的飞雪
叠压进我之前更苍茫的暴雪
也叠压进一代垦荒者青春的眉骨和肩胛
叠压成一组冰封的铁镐和撬棒
又幻化为逆风演奏的横笛和竖箫……

那一刻，我幻觉中的天空

---

① 昌耀《山旅》中的诗句。

突然有一只鹞鹰飞来——
“阿力克雪原的大风
可还记得我年幼的飘发？”[①]
2019-07-20

① 昌耀《巨灵》中的诗句。

葡萄牙掠影

从威海天尽头到葡萄牙罗卡角
一条北纬 37 度直线的两端
都是大海。超音速下的亚欧大陆从黑夜启程
正午时悬崖勒马。你已来到大地尽头

“陆止于此，海始于斯”
如此绝妙的表述让我嫉妒
大航海时代的诗人从浪尖上提取语词
路易·德·卡蒙斯
以诗人的身份被尊称为国父

里斯本帝国公园
发现者纪念塔的花岗岩巨帆
从航海者汹涌的肩胛上斜砍进天空
俯瞰大西洋对岸的南美大陆
俯瞰好望角和半个地球上曾经的葡属海港

而毗邻的海滨公园
则切换出现实主义的落寞
莫桑比克老妇地摊上的凉帽矜持而焦灼
渴望虚拟的头顶。兜售珍珠项链的橡木桶胖姐
企鹅般彬彬有礼，从失望走向下一个失望
但她的体内装着大海，从来不知道沮丧
中产阶级冷清的雷诺牌出租车旁
高头大马的观光车不时从深巷风光地驶出
但没有人提到费尔南多·佩索阿
这位穿行在“空虚哲学”中抑郁的诗人
1912 年曾书写过一篇
《从社会学角度看葡萄牙新诗》的评论
这个标题让我深感惊诧，只要把葡萄牙
换成中国，它恍然就是一百多年后
一位中国博士生的论文
2019-08-05

西班牙南方田野

如果没有西班牙，这个世界将会变得无趣
如果没有西班牙，这个世界将会丧失想象力
如果没有西班牙，这个世界就少了天才与疯狂
如果没有我，关中麦田曾举着瓦罐喝水的少年
谁会为它大地上的艺术而惊诧

大地在山脉、丘陵、平原间舒缓地起伏
大地以横向排列的专属作物条块
踩着琴键起伏。种植马铃薯的条块
毗邻甜橙、柠檬、葡萄苗的条块
还有你“风中的橄榄树、橄榄树”
和向日葵的条块
顺着浅绿、深绿、墨绿和嫩黄的色谱起伏
金草场，汹涌的燕麦翻过远处的丘陵
已被收割的部分，贴地卷起的滚筒形草垛
天外来物般地各自兀立

看啊，这就是西班牙南方的田野
生长天才作家、画家、歌唱家、斗牛士
和足球巨星的西班牙
湛蓝的天空下不见一个劳作的人影

2019-08-21

我好像在读一首诗

那天下午
一张球台上一股脑滚出的这些孤僻单词
杀机四伏地在我面前斗法
拧、拉、挑、劈、抽
卷、裹、撕、摆、勾
抽抢占了先机，勾预留了后手
再接下来是
弹、切、敲、扯、塞
拐、冲、穿、撇、扣

侧旋、弧旋，旋之又玄
词与词的斗法逼出词根
词根与单词再加力，对撞出词组和短句
拉：拧拉、斜拉、反拉
冲：直冲、反冲、暴冲
摆短、回敲、侧砍、反手弹击

挑打、快劈、反带、再卷一板
正手勾、反手撕、撇了一个大角
喔哦……喔哦……
塞直线、变斜线、回摆底线
顶中路、拧反手、直接劈长——嚯哇
有了！天才，这就是天才

整个下午，我都在观看一场乒乓球直播大赛
但却沉醉于现场解说的语词世界
灵魂出窍的搏杀调动鬼使神差的语词
孤绝凌厉、铤而走险
一首超级诗篇来自绝地逢生
2019-11-16

好人哪

初冬的这个清晨天微寒，刮小风
我像往常一样出门徒步走
只是手中多了一团，昨夜被写坏的废纸
待走到一排橘红色的垃圾桶前
我又特意后退两步，再把它投了进去
干这样的事，我总有虚拟篮球场上
准确投篮的快意

但刚走出三五步，心思却被风晃了一下
再回头，纸团已弹到了路中央
黑色的柏油路面上蹦蹦跳跳白得刺眼
我随之追过去，把它捡起，再投
然后特意将桶盖朝下压实

往前十多米，是小区的门岗
感觉岗亭内的老人朝我喊话

靠过去后只见对方朝我翘起大拇指
——“好人哪，你是一个好人”
说这话的时候，他的眼里竟绷着泪花
嗨，我朝对方这样表示了一声
把“我还以为是什么事”留给了自己

小区就套在校园内，走过门岗
就是校园中的环形路、通海湖、步行桥
再远处的海汉上空不时有高铁驰过
这是每天我都爱看的风景
包括一群踩着滑板斜冲而来的学生
皮实的青春啊，就该这样皮实地折腾

但这个清晨却让我突然有些沉重
门岗内的老人到底经历了什么
又遭受了多大的委屈
才对我刚才的无意之举
做出如此过度的反应
2019-12-11

一条河流的个人记事

一

一个事物的名字太响亮就接近空洞
比如一条澎湃在史诗中的大河

二

但在源头，它是汩汩的水、淙淙的水
奔淌在星光和海子间
被称作“曲”的众水
扎曲、卡日曲、约古宗列曲……
潺潺如小谣曲的曲。曲折蜿蜒的曲
随后是高原与大地上的九曲回环
一个藏语名词在汉语中
曲尽了它的所有特征

三

盘绕在大雪中的河流，被一道浮桥取直
貌似捷径。一个少年从彼端刚走到此端
立地被知识冠名，突变为“知识青年”
虚拟的语境中成长太快，仅需要一刻钟
而从一种语境进入另一种语境——
实锤性的语境，却要被河流的金刚手
盘了再盘。然后腰扎草绳
在早春的田野吆喝两头犏牛开犁
然后以牧人仄歪着腰身的标准姿势
在一匹大走马的鞍背，扎稳身姿
方言是一种连着心肝的语言
有时适合撒欢——
长命姐呀，尕欢旦，啥时嫁个尕老汉
藏语是我青春期的第二语言
“呛”是酒，“呛通”是喝酒
酒曲与神曲都是神的语言

四

但在几十年之后的大河入海口

再见到它从苍茫的天际线下压来时

我只听懂了两句箴言

一句是逆水行舟

一句是随波逐流

2021-03-18

发呆

一份邀请函改变了我夏日里的节奏
强化每天的短跑体能训练
在大海边预约“高反”神草红景天
把熟悉的地理功课再熟悉一遍
拉萨在云脚、日喀则在云腰
珠峰大本营的邀请
与吉祥航空的联程电子机票
都来自云端
但空气中聚然紧促的蝉鸣
使最后在最后之前中断

今年我已第三次接受相同的变故
一次是初夏的可可托海，再往前
是春天李白与汪伦的桃花潭
而每次变故，我都意外地木然
这个世界困了，有时只适合发呆

2021-08-01

在立秋的大海中游泳

立秋时节的大海尽头云在汹涌
耸入穹隆的云腹吸空悬浮的万物
如同一次盛大的清场

浩荡的海面上
我腹下的海水贴了秋膘般的肥厚
我双臂的肱二头肌里，有两只青蛙在叫
鼓动我一直游下去。而我也决意游下去
直到彤云垂布的大海腹地，看一只鸟
怎样从鱼背跃起，鲲——变身为鹏
2021-08-08

仰泳中的两个片段

首先是一只海鸥自高空滑翔而下
继而愈飞愈低，直到居高临下地抵近
完成对于我的俯视，然后倏地折向远方
随后是两只交尾的蜻蜓
如重叠的无人机驾临我的额顶
它们在爱，它们在缠绵，它们把缠绵的爱
演绎为目空一切的超低空盘桓

我看见了它们。我被它们看见
然后被它们无视

2021-08-13

海滨记事：那些拦截我的草木（一）

立秋不久的傍晚
眼前这些一直被我忽视的草木
像一夜之间连绵成葳蕤的矩阵
顺两侧的工地压进海滨大道

一丛丛灌木状的洋槐抱团耸立
其间是月见草、胡枝子、大叶艾、茵陈蒿
是曼陀罗、翅果菊、萝藦、白茅、大戟草……
这些密集的、来历不明的野生族类
如同大地上以草木冠名的人群
它们粗悍的筋脉蓄满汁水
纵横的枝蔓相互纠缠。暮色笼罩下
仍传递出劈头盖脸的狂风暴雨中
野蛮生长的力量

这个傍晚我刚从海水中上岸，像被无形的

压力所拦截，我在它们身边停了下来

2021-08-21

海滨记事：那些拦截我的草木（二）

这突然生成的拦截，再次生成突然
牵引出早春的另外一次拦截
但早春的清晨除了空旷就是寒风
就在我于空旷中暴走，复又折返的路上
一株团抱成鸟巢状的球形草棵
翻滚到我的面前

我朝左让出一步，它往左滚了一圈
我再次向右避让，它跟着滚向右侧
固执、蹊跷，恍若隔世的故人拦路相认

稍后我见到它一如春运大潮般
随季风卷来的庞大家族。季风中滚动的
无数草棵，一律被命名为风滚草
怀抱草木之命上路的风滚草
季风中不见故土不明去路的风滚草

在早春的旷野，也在茫茫尘世
被不知所终地吹

直到这个秋日的傍晚，当我止步于拦截
又被拖进另一次拦截，恍惚间蓦然一惊
早春那些不知所终的，和眼前这些来历不明的
竟然正是大地上草木的前世今生
它们前世的诨名都叫风滚草，今生则是
胡枝子、大戟草……张王李赵各有其名

它们随风降临的生命仿佛一个意外
又仿佛天意派定。仿佛一群麻雀在暮色中
消失，一大早忽如登枝的众神争吵撒欢
2021-08-28

爱上一位画家的理由

当我才知道世界上还有这样一位画家
我就爱上了这位画家——
被称作美国现代艺术之母的
乔治亚·欧姬芙
不仅仅由于她的画，更因为她的骄傲

“欧姬芙小姐，我们专程看你来啦”
新墨西哥州“幽灵牧场”的一所板房前
当远道而来的粉丝们这样朝她喊话
欧小姐打开了房门——
“好吧，这是我的正面”
接着转过身去，“这是我的背面”
再接着一声“再见”，便关上了房门
但即使这样的面子
她连传话求见的毕加索，也没给过

“我在哪里出生，过怎样的生活
一点都不重要
你们只需要看画，从中看你想看的
你只有权知道那么多
我也只允许你看那么多
就这样”

而我喜爱她的全部理由
除了生命之门般神奇的花朵系列
她摄魂的《曼陀罗·白色花朵一号》
最根本的，仅仅在于
她拒绝讨人喜欢
2021-11-11

东尚石村

从一棵金黄的柿子树枝冠看下去
是东尚石村起伏的房顶屋舍
纵向排列的一条条巷道
一丛茂密的翠竹簇拥在一条巷口
一株芍药，杯盏大的花朵个个气色红润
绽放在另一条巷口
房顶的玉米堆旁，蜷伏的狸猫虎视眈眈
窥伺数尺之外的一只麻雀
但它并不像要扑食而仅仅是出于无聊

一个俗世的东尚石村尽头
另一个东尚石如空城堡遗世独立
片页岩垒起的山村
从明朝的坡底盘根错节
一步步垒向白云青鸟的山村
坡底溪水淙淙的房舍前老藤盘绕

仍可见昨夜的秀才凭窗读书，石板桥上踱步
山腰三丈三尺宽的进士宅第
三方拴马石镶嵌于向阳的门墙
门础两侧的方形门当是一种提醒
门楣上的四根雕花户对，是又一种提醒
人去屋空的深秋中，门当户对的人设
是一种无人理会的提醒
但片页岩覆盖的街巷坡道载道布道
乱石铺街的行草笔势历历在目
坡道中数步一扇的磨盘道不可道之道——
人生坡道上的每一程都有磨难当道
有时候你必须去撑、去熬
直至咬紧牙关踏平磨难

还有，你必须在深秋中
热爱东尚石一样的山村
热爱一只虎视眈眈的猫和过去的事物
2022-11-07

落日观察

太阳，当它缓缓下行
与海面构成十五度的夹角，开始变身为夕阳
夕阳的现身以开启燃烧之旅为标志
它使天青色的外围首先燃烧为柠檬黄
再由浅而深，而至绛黄……浅红
继而从浅红天幕环围的炽亮圆心
向海面投下一条光的长廊

这时候黄昏来临，迷离的大海悄无声息
这时候它的轮廓如同绽放的花冠
在临近大海的燃烧中一圈圈地放大
呼应着大海潮间带的节奏，噌噌地放大
直到放大成胭脂红的海天夹角
一轮波动着金子溶液的宇宙之花

这时候翔集的鸥鸟一起朝它飞去

天地一瞬间被抽空
这个时候的它，名叫落日
我所观察到的落日不是陨落而是诞生
一种在燃烧中诞生的
贮满伟大的疲惫，磅礴而又晶莹的生命
2022-11-19

比天空还高的云

这样的景象是从白露的清晨开始
我看到了比天空还高的云
那样高的云
覆盖低空的云、漫卷高空的云
一夜退回到九霄之上，像天穹的琴键
描述世界的辽阔与高远

在去年，以及去年之前的这个时节
它是否也是这样高
这个时节青海上空、成都上空
广州白云机场上空的云
是否也是这样高
从白露到霜降再到小雪
我在 2022 年空旷的大海边
不时朝着天空之上仰望
以确认我的观察并寻找一个表达

——“比天空还高的云”

我在大地被静默管控的一再静默中

写下了这样一个病句

2022-12-07

6月13日，在凤凰黄永玉艺术馆

6月13日的凤凰古城
吊脚楼之上的山城一如敦煌藏经洞
沿崖壁开凿。赭红的万寿宫临水
宫院内的石阶步步登高，高处的殿堂内
我与同一守殿者的三幅影像相遇

一位五十多岁的工匠手持烟斗
目中无人地抱臂站立
身后刚刚完成的巨幅铜版浮雕
两位舞蹈女神合守湘西山寨之门

一位七十多岁的画师，依然手持烟斗
已从他工作的世界回过神来
此刻正俯过前身，朝我龇牙嬉笑

一位八十多岁的顽童，草坪上环抱双膝

以臀部为支点的陀螺运动，一似托马斯全旋
腰身和腿是他的，蓝天和白云是他的
整个世界都是他的
唯有“老了就作黄永玉”的美梦
是别人的

一条生命经历了什么
才能成为世界的孩子和精灵
他在沱江上创作的四座虹桥
——风桥、雨桥、雪桥、雾桥
一条边城浪子的自传体长篇四部曲
每一部都风雨交加，最后的句号
是一颗活蹦乱跳的铜豌豆

仿佛天意安排的一次致敬
但6月13日的这个上午我并不知道
当日凌晨，九十九岁的他已铜豌豆般的
九九归一
2023-06-20

云端上的草原

海拔 3600 米，不算太高
但分水岭上的草原却如铺展在云端

低头游荡的牦牛很小
缓步移动的羊群更小

半球形的草墩地貌根须纠缠
如同另一时空的苔藓连绵
草墩间寥若星辰的红花绿绒蒿花柱
也来自另一时空
它们细小如蜡笔，被各自的部落托举
像酥油灯的灯芯，像红衣僧童的降生
像尘世缥缈在雨雾中
雨雾又清洗出了黎明

美仁草原，我不曾有过出世之心

却兑现了时常怀有的世外向往

2023-07-07

水嘛呢

那时，我们正在前往美仁草原的途中
斜坡上，一部部状若气象观测箱的
装置，溪流上蜿蜒排列
箱内的经筒随溪流中的叶片旋转
是我从未见闻过的水嘛呢

那时，朝圣路上的牧人高视阔步
一路手摇经轮
俄合拉村民拨动寺院的经筒转了三圈
眼前来自雪山的奔流转动水嘛呢
默诵天人合一的长卷，不舍昼夜
2023-07-08

在黄河源头

终于，当我以不断要放弃的缺氧压力
在大地的斜坡尽头站定
看发祥了一条大河的源头之水
——被我想象过无数次，却从未抵近的
源头之水，自地壳汩汩涌出
突然领悟了
方才蹲伏在最后一道高岭上的鹰鹫天团
原本是收起翅膀的狮子、白牛、苍狼与棕熊
驻守卡日曲山门

我们被允许通过
但最终的抵达必须弃车徒步
必须以自己的造化，在通向天际的
斜坡顶端，去亲近那一天地间的造化
（队伍中的两个家伙上行了数百米后
又退回到坡底发呆）

世界上所有源头性的事物
都存在于孤绝之处，而源头性的存在
既是天启，又是大地尽头的神力之所在
普天之下这唯一从地壳中涌出的
大河源头，它的存在就是神迹

那时节恍惚有一声鹰唳自天际传来
我在暮色中俯下身去，饮下了
从源头涌出的第一捧清流
然后又掬起第二捧
抹去脸上蒙面已久的灰尘
2023-10-13

深秋

一场夜雨后，地面又铺了一层落叶
但树冠上的叶子并未减去多少
我认识窗外的这些树
雪松、银杏、海棠、黄连木、鹅掌槭……
在春天，它们鲜嫩的绿
只是世界的一部分。但此刻
涌入眼底的墨绿、绛紫、金黄与火红
就是整个世界
像平静的大海蓄藏了雷霆与风暴
斑斓的深秋蓄藏了整个春天与夏天
当一个人用大半生走进深秋
他看到删繁就简的枝柯正虚位以待
迎接随一群喜鹊到来的漫天大雪

2023-11-09

附录 /

《黑旸山》的结构及其他

邹静之

在《黑旸山》的题记中我们可以轻松地把握住三个点：灾日、突围、死亡。把这三个点往前和往后各延伸一下，就会多出两个点：黄金时代（在前），劫后萌生（在后），这五个点是一个轮回，历史就是在这一个一个轮回中滚动。诗人燎原就在这五个点的基础上，打乱秩序构建了这部史诗。结构是史诗力量的象征，正如楼房的框架和人的骨架一样。《黑旸山》在结构上没有按照历史轮回的顺序，而是将预示“灾日”来临的“日蚀”放在了前边，“长号吹响了……”“如今，这长号又在暗示什么呢？”一种紧张、躁动的情绪，决定了全诗不安、庄严、辽阔、神秘的调子，这恰恰像交响乐的“呈示部”一样，虽然只是几个小节的音符，却明确了全曲的基调。

听着吧——你们。这是劫数
在你们出生之前和死亡之后

它已由你们的祖先、也必将
由你们和你们的后代所承受

让我们记住这几行诗，它们也许正是我们破译全诗的钥匙。同时也是“呈示部”的核心基调所在。

既然已经把《黑昒山》的结构与交响乐联系了起来，那么，我们不妨就把“黄金时代”“法王”“苔原”作为全诗的“展开部”。如交响乐的“展开部”一样，这几段有着对往昔小调式的回忆：“那时候我们正是盛年。我们刚出生的儿子正是盛年。那时候白昼是一面铜锣，将我们君临的消息传递给八方”；同时带有不安分的思辨性，“号声阴厉，此刻，它又在预谋谁呢？”“附体吧——血的罪孽已被押入地府，即使我们的世界缠满绷带又有什么呢？”在这三个段落中，诗人对过去和将来有一个情感上和理性上的演绎过程。在“苔原”的后几节中我们已经预感到了“灾日”将临：“当暖潮泛滥，生物潮随之泛滥。苔原一步步走向天空……永恒的法则高高在上，它拒绝生命的亲近，却无法抗拒峥嵘的灵魂。”

“灾日”“黑昒山”是全诗结构的“再现部”，这两段诗即是对“日蚀”中我们提到的那几行诗的再现：“哦，一滴水，一片叶子，铁锚从深处拔起，悲壮的旅程又开始了。”一个轮回的结束和一个轮回的开始，同时又是一种升华，这一部分被悲剧性的调子和无可奈何的调子包容着。

我认为一首诗的结构，显示了一个诗人的胸怀和才气，《黑旸山》的结构有力而稳定，大气磅礴又有变化。

谈这首诗时不可不谈历史感这一问题。在诗歌中写历史并不是为了历史，这是不言而喻的。艾略特曾经说过："……历史感首先包含着一种感知，不仅感知过去的过去性，而且感知过去的现存性，……组成一个同时并存的秩序。" 在读过《黑旸山》之后，我们可以感觉到"过去的现存性"。在一个轮回结束之后，上帝与魔鬼依然存在，我们无法突破"高高在上的法则"，在去死亡的路上，《黑旸山》表现了强烈的生命意识，"啊！让我们就这样高高地站着吧，站着吧！将我们的弯角置放成主宰黑夜的弦月；将我们不可凌辱的肩胛筑成俯视大地的山脉——这样默祷着，那个酋长，当它看见身旁的母性因腹部的躁动而呻唤时，明净的眼球仍浑浊了"。突围、勇气和力量也许正是"过去的现存性"之所在，当该过去的都过去了之后，我们除去对过去的过去性的感知之外，主要还是对过去的现存性的感知。这种现存性的感知是永恒的，而且在不同的时代会唤起新鲜感，这也许就是史诗可以流传下去的关键所在。

《黑旸山》所使用的语言有其一定的特色，诗中大量地使用了有速度有力量的词语"击亮""拔出""撕咬"等等，来加强诗的力度和对情绪的刺激。整首诗像一张连续发箭的弓，有一种内外的紧张度。

诗的句式大多是长而铺张的，给人一种辽阔的感觉，很多句子有咒语般的力量，“缀满贝叶经的菩提在寒潮中磕绊牙齿”“声音攀着臂骨终于击亮一个实在的 刹那”等等。

《黑旸山》的成功之处，不是一篇短文可以尽述的，仅现一孔之见。

1988 年 6 月

燎原：一个人的诗歌评审团

王夫刚

一

2001年，诗歌评论家燎原最为重要的作品之一《扑向太阳之豹·海子评传》问世。诗人西川在这本书的序言中说，燎原“对海子有一种血亲般的理解，或者说他以自己的精神呼应了海子的精神……在这部评传中，燎原将海子置诸一部有待重新发现、有待重新认识的诗歌知识谱系，使我们得以在广阔的历史背景中重新品读海子独异的写作”。的确，这部书出版之后，国内诗歌界反响热烈，首印一万册销售一空后，《海子评传·修订本》又于2006年被推出，一年之后该书在市场上再次断档。

2008年，燎原另一部里程碑式的作品——43.7万字的《昌耀评传》由人民文学出版社出版。诗人韩作荣在序言中这样写道：“诚然，喜爱昌耀诗的人颇多，有识见的对诗有透析能力的人也为数不少，但真正理解昌耀、熟悉其人及其生境、并与昌耀有共同地域生存体验、被昌耀信赖，又同时具备前者的人只有一个，那就是燎原，鉴于此，《昌耀评传》也只有他才能写好。”韩作荣接着指出：“对于中国新诗而言，昌耀是一座卓然独立的高峰，他的诗也以其自在的方式进入了新诗经典。因而，对于他的研究，这部《昌耀评传》颇为难得，它将与昌耀的作品一起留诸后世。”也正是由于如此，这部书在出版之前由人民文学出版社上报，被列入中国作协2007年重点扶持作品；并从2009年3月18日起，在青海的《西海都市报》上连载。

中国当代最富创造力的两位诗人的评传，竟然出自一位远离文化中心、居住在山东威海的评论家之手，这似乎有点奇怪。事实上，由燎原而至诗歌评论家燎原，是一个并不短暂的涅槃过程。业内人士大都会有这样的记忆：早在1992年，燎原就写出了第一部论述中国西部诗歌的专著《西部大荒中的盛典》，而在此前和此后，他评论海子、骆一禾的《孪生的麦地之子》，连续两个年度刊发在《星星》诗刊上的长篇系列诗歌文论《当代诗潮流变十二书》和《中国新诗百年之旅》，为《昌耀诗文总集》所写的长达一万八千字的序言《高地上的奴隶与圣者》等等，都在诗坛留下了凿刻般的印记。如果不是天生的独来独往的“不结盟”性格，燎原的声名也许会更加响亮（虽然现在也不弱），而这两本大部头的评传出自他之手，其实只是蓄势已久的必然喷发。

二

燎原1956年出生于青海某骑兵团，稍后是祖籍陕西关中乡下的少年时代。从1972起，又在青海度过了整整二十年的青春时光——在一个汉藏民众混居的地区下乡插队，回城后干车工，入读77级大学中文系，随后开始记者、编辑生涯。1992年，燎原调入山东威海继续从事媒体工作，2008年转入威海职业学院任教授。

燎原早年虽然诗歌和评论写作双管齐下，并且以诗歌为主业，但他的禀赋似乎更适合于诗歌评论。1979年，青海师范学院中文系学生燎原到《青海湖》编辑部找人，偶然遇到刚刚流放归来的昌耀——在《昌耀评传》中，燎原颇为自负地写道："就是在这个1979年，昌耀让我意识到了一位身在青海的国家级诗人的存在。"不久他即写下《严峻人生的深沉讴歌》一文，雏凤清音而又雷霆乍起地声援因无人能识而寂寞郁闷的昌耀。此时，复出的昌耀方才发表了十数首诗作，年轻的燎原却凭借自己敏锐的艺术判断力预言了昌耀的重要性，也由此展示出自己作为一个优秀诗评家的潜在资质。

尽管燎原当年曾因获得上海《萌芽》杂志的年度诗歌奖，而由该杂志社统筹为他出版过一本名为《高大陆》的诗集（百花文艺出版社，1996 年），但自从他的《孪生的麦地之子——骆一禾、海子及其麦地诗歌的启示》发表，并在诗歌界产生重大影响后，他的诗人身份便在他诗评家身份的遮蔽下日渐式微。而燎原本人对此似乎并不介意。2007 年，他在参加首届青海湖国际诗歌节接受当地媒体的采访时，曾专门谈过这个话题：“你说到我的诗歌，让我想到了我是一位‘前诗人’，但我从 1992 年起已经终止了诗歌写作，这是因为，我没有能力写出我想象中的诗歌。诗界曾流传过一种说法：只有诗歌写不下去的人才当评论家。这个定律肯定不适合其他评论家，但却适合我。”因此，他的艺术简历通常有如下字样：当代诗歌评论家，主要从事现当代诗歌、当代文学思潮、当代重要诗人个体等方面的研究与诗人评传写作。我编《山东 30 年诗选》时，也因对燎原艺术身份非此即彼的武断判定，而忽略了《高大陆》的存在——我想当然地认为，从青海高原移居威海的燎原是诗评家燎原，而非诗人燎原。

三

在中国当代诗歌史上，海子是一个传奇，昌耀则是另一个传奇。为两个当代传奇诗人写评传，燎原是唯一的一个人。比这更重要的，是燎原在这两部评传中所展示出的对诗人及其作品的深刻理解和剖析——宏观把握的大局观和微观探悉的精确性。这两部评传让我再次意识到，只有捍卫诗歌尊严的诗评家才是有价值的诗评家。以后，燎原的艺术简历可能还会发生很多变化，但“《海子评传》和《昌耀评传》的作者”将一直是他的标识。

不可否认，《海子评传》和《昌耀评传》的成功，与海子和昌耀日益高涨的诗歌影响密不可分。在我的老家日照市，一家滨海楼盘的户外广告就是海子的“面朝大海，春暖花开”；至于昌耀，我中学时期便传抄过他的《风景：涉水者》等佳作，并因此而大受裨益，相信有此经历的诗人不在少数。感谢燎原，为我们提供了这样两部翔实而又独特的评传向诗歌天才们致敬。其实关于海子的传记，此后还有过不下三个版本，但只有燎原的《海子评传》又以修订本的形式再版。而《昌耀评传》之后，其他与昌耀有关的此类书籍，几可不必有了——作为当代诗歌创造性的研究成果，《昌耀评传》的贡献是空前的，也是绝后的。

四

在《海子评传》和《昌耀评传》之间，燎原另有一本涉及更多当代诗人的诗歌赏析专著《一个诗评家的诗人档案》。他以对每位诗人仅三百字左右的点评，不动声色而又精准传神地勾勒出 48 位当代诗人的艺术特征。这项工作的难度不在于确定入选者，而是如何为入选者把脉。这些简洁、犀利、思路缜密、有着浓郁燎原风格的授奖词般的处方，使人常读常新（虽然燎原把它定位于“一个诗评家的诗人档案”，但它的穿透力和覆盖范围更像“一个历史时期的诗人档案”）。评论同一类型的几个诗人易，评论风格相异的一群诗人难，很多诗评家往往因此暴露了自己捉襟见肘的家底。48 位风格迥异、个性突兀的当代诗人在燎原的点评中一一亮相后，对燎原的工作给予了知音般的礼遇——这与其说是对燎原的致意，不如说是对饱受诟病的中国诗歌评论的委婉提醒。正是缘于此，这部“档案”的出品人黄礼孩毫不吝啬地把燎原称之为“敢于去承担诗歌的疼痛和忧患的有独立发现的诗评家”。

五

大概在 1993 年，我曾给一些相识或不相识的朋友寄过一本我自己首次出版的诗歌小册子，这其中包括刚到威海的燎原。2002 年秋天，我们在一个诗会上第一次相遇，燎原问我是否还记得给他寄过诗集。十年前的事情他还记得，这让我感动，对这位目光如炬、须发潦草的兄长，便多了一份不由自主的亲近。后来他跟我说起在这次诗会上遇到的一件有趣之事：他礼节性地向一位小他十几岁的“下半身诗人”举杯，此君居然故作无动于衷状。由此他断定，这将是一个可以忽略的诗人。的确，此后的事实应验了他的判断，但事情本身则反映出燎原的率性、风趣和敏锐，就像这篇短文的起源——燎原在电话中说《山东作家》邀约一篇介绍他的文章，他希望由我把他这个“边远地区的人民”介绍给风起云涌的山东诗坛。而我想告诉他的是，他这个有着骑兵血缘的独行者，早已是构成山东诗坛风起云涌的最有分量的元素之一了。换言之，不是燎原需要接近山东诗坛，而是山东诗坛正期待着通过燎原的评判建立指点山河的新秩序。

最近几年，我与燎原见面的机会多了起来，对他的了解也多了起来。燎原拥有与其他诗评家迥异的谱系和气场，他的评论公正、正直，奉行不结盟的独立立场；文字气象磅礴而又锐利结实，读来令人耳目一新。有时，燎原也感到寂寞，虽然渴望一种等量的、富有刺激感的交谈，但在一些不咸不淡的酒场上，他居然也一团和气。而更多的时候他则旁若无人，在像青藏高原一样辽阔的艺术世界里独往独来。因此，他自己形成的理论框架又被人称作“一个人的诗歌评审团”。对于评论家而言，发出自己的声音远比附和别人的观点要来得艰难。中国不乏诗评家，缺少的是燎原这样不随波逐流也不沉湎于一己趣味的独立诗评家。诗人普珉在一篇文章中曾经这样素描燎原：“他对朋友微小的世俗伎俩的小嘲笑说明他有着并不粗心的宽容与善良，他的狂是上帝放在我们面前的无伤大雅的人性的礼物。”如果你还没有领略过“一个人的诗歌评审团”的魅力和尺度，就从这两句话开始吧。

六

威海虽小，但却诗意盎然：它不仅拥有三面环围的动荡不息的大海，还生活着一位卓尔不群的诗评家。燎原是谁？一个让诗歌评论恢复自信、智慧、趣味和秩序的独行者。对于内行而言，关于他的任何阐释都是画蛇添足；对于外行而言，任何介绍都显得困难。行文至此，我想，作为诗人向诗评家燎原表示敬意肯定不会是我一个人的意愿，但愿这篇文章不会因为浅尝辄止而遭到他的批评。事实上，对一个诗评家的文本评头论足，本身就蕴含着班门弄斧的悖论，所以本文几乎没有涉及对燎原理论文本的解析，这并非写作策略，而是与我的初衷相吻合的内心诉求间接呈现了我对他由来已久的理解和尊敬。

2009 年 3 月，济南南郊

有度文化

北岳好书

履历

出品人｜郭文礼　选题策划｜刘文飞　责任编辑｜武慧敏

复　审｜刘文飞　终　审｜郭文礼　装帧设计｜张永文

印装监制｜郭　勇　项目运营｜有度文化·刘文飞工作室

投稿邮箱｜liuwenfei0223@163.com

微　博｜http://weibo.com/liuwenfei0223　微信公众号｜YOUDU_CULTURE